新潮文庫

田園交響楽

ジッド
神西清訳

新潮社版

368

田園交響楽

第一の手帳

一八九…年二月十日

これで三日も降りやまぬ雪が、道をふさいでいる。十五年このかた、月に二度礼拝の式をつかさどる習慣《ならわし》になっているR…へも、私はとうとう出かけられなかった。今朝《けさ》ラ・ブレヴィーヌの礼拝堂に集まった信者の数は、わずか三十人にすぎなかった。この余儀もないこもり居《い》のひまに、せめて過去を振り返り、私がジェルトリュードの面倒を見るようになった次第を物語りたいと思う。

あの敬虔《けいけん》な魂の形式と発展の跡を、のこらずこの手帳に書きとめておきたいのだ。私があの魂を闇《やみ》の中から救い出したのは、神への賛美と愛とのためにほかならなかったように思われる。この仕事を託したまえる主《しゅ》は賛《ほ》むべきかな。

今ではもう二年半も前のことだが、私がショー＝ド＝フォンから帰ってきたところへ、見知らぬ小娘が大急ぎで、私を迎えに来た。七キロもの道のりを、息を引き取りかけている気の毒な老婆《ろうば》のところまで、来てくれというのである。馬はまだはずしてなかった。とても暗くなる前には帰途につけまいと思ったので、まず角燈の用意をして、その娘を馬車に乗せた。

私は村の近傍に知らない場所はないつもりでいた。ところが、ラ・ソードレーの農場を過ぎたとき、娘は私がそれまで乗り入れたこともない道を取らせた。とはいえ、左手にあたって二キロほど向うに見える、神秘な小さな湖には見覚えがあった。若いころ、私が時々氷すべりに行った湖である。けれど、牧師になってからは、そのあたりへ呼ばれて行ったことがなかったので、十五年このかた絶えて見かけなかったわけである。人に聞かれたにしても、そのありかさえ思い出せなかったにちがいない。いま、夕暮れどきの流す一面の薔薇《ばら》色と金色《こんじき》のなかで、ふと見覚えのあるその姿に接したときにも、何かの夢で見たのかしらと思ったくらい、その湖のことは私の念頭を去っていた。

道は、湖から流れ出る小川について森のはずれを切り、やがて泥炭地のほとりに沿って行く。この辺は確かにはじめて来る場所である。

日は沈みかけて、もうだいぶ前から道は薄暗がりになっていたが、ようやく案内の娘は指をあげて、丘の中腹に見える一軒の茅《かや》ぶきの家をさし示した。薄闇のなかを青みがちに立ちのぼって、やがて空の金色の中へとけ入る一すじの細い煙がなかったら、とても住む人のある家とは思えないだろう。馬をかたわらのりんごの木につないで、娘のあとを追って暗い部屋へ私がはいったのは、老婆が今しがた息を引き取ったところだった。

あたりの風景の重々しさ、それに時刻の静けさと厳《おごそ》かさが、私の骨の髄までしみとおった。まだ若い女が一人、寝台のそばにひざまずいている。なくなった老婆の孫娘かしらと思ったあの小娘は、間もなくただの召使とわかったが、くすぶる蠟燭《ろうそく》をともしたのち、じっと寝台のすそのほうにたたずんだ。私は長い道すがら、なんとか話をしかけようと骨を折ったけれど、二言三言しか口をきかせることができなかったのである。

ひざまずいていた女が立ちあがった。これも、私がはじめ想像したように親類の者ではなくて、ただ近所に住む知り合いの女にすぎなかった。主人の様子が変ったのを見て、あの小娘が呼びに行ったのを、そのまま通夜《つや》に居残ってくれることになったのである。その女の話では、老婆はごく安らかに息を引き取ったということだ。私たちのあいだの相談で、埋葬や葬式の手はずがととのった。これまでもあったことだが、なにしろこんな辺鄙《へんぴ》な土地では、やはり私が万事をとり仕切ってやるほかはなかった。また私にしてみれば、いくら見かけは見すぼらしくとも、とにかく一構えの家を、近所の女と、年端《としは》もゆかない小間使の手に任せきりにしておくのは、なんとなく不安でもあったのだ。まさかこのみじめな住居の片すみに、何かの宝がかくしてあろうなどとは、もとより考えられもしなかったけれど。……さて、どうしたものだろう。とにかく私は、老婆に相続人はないのかと尋ねてみた。

するとと近所の女は蠟燭を手に取って、暖炉のほうへ差しつけて見せた。火床《ひどこ》のなかにうずくまって、どうやら眠っているらしいものの姿が、おぼろに見わけられる。房々した髪の塊《かたまり》が、ほとんどその顔をおおいかくしている。

「この娘《こ》は盲目で、女中さんの話では姪《めい》だとかいうことです。家の者といっても、これっきりらしいのです。養育院へでも入れなければなりませんでしょう。さもないとこの娘は、どうなることやらわかりませんものね」

本人を前において、ずけずけと身の上を決めてかかるのが、私にはいやな気持だった。この薄情な言葉が娘の胸に、どんなに悲しく響くことかと気づかわれた。

「起さないようにおし」

せめてこの女の声なりと低くさせようと思って、私は穏やかにそう言った。

「いいえ、眠っちゃおりますまいよ。この娘は白痴なんでございます。口もきけませんし、人の話も何ひとつわかりませんのです。私は今朝がたからこの部屋におりますが、この娘は身じろぎひとつしないで、じっとこうしていますの。最初は聾かと思いましたが、女中さんの話ではそうでもないらしく、聾なのはお婆さんのほうだという ことです。その婆さんがまた、この娘にといわず、ほかのだれかれにといわず、まる っきり口をきいたことがなかったそうで、口をあけることといったら、もうよほど以前から、物を食べるときだけだったそうです」

「いくつになるのかしら」

「さあ、十五ぐらいじゃありませんかしら。なにせ私もまるっきり知りませんので……」

身寄りもない可哀《かわい》そうなこの娘の面倒を、自分で見ようなどという考えは、そのときすぐに浮んだわけでもなかったが、祈禱《きとう》をすませたとき――いやもっと正確に言うと、寝台の枕《まくら》もとにひざまずいた近所の女と召使の小娘とのなかにはさまって、やはりひざまずいて祈禱を上げているうちに、にわかに主が私の道の行く手にある義務を下したもうたような気がして、それを逃れるのはどう見ても卑劣な振舞いとしか思えなくなったのである。で、立ちあがったときにはもう、その夜のうちに娘を連れて帰ろうと心にきめていた。とはいえ、連れて帰ってどうしようというのか、いったいだれの手にあずけたものか、などという点になると、まだ気持ははっきり決っていたわけでもなく、そのまましばらくは老婆の寝顔に、じっと見入っていた。落ちくぼんで、ひだの寄った口もとは、びた一文も出すことではないと、紐《ひも》できりりとくくった守銭《しゅせん》奴《ど》の財布《さいふ》の口を思わせた。やがて私は、盲目の娘を振り返って、私の考えを近所の女に打ち明けた。

「そりゃ、あすの出棺のときは、この子のいないほうが好都合ですとも」

女はそう言った。それですっかり話がついた。

もし人間に、いい加減な反対を唱えてうれしがる癖がなかったら、世間の物事はずいぶんすらすら運ぶにちがいない。周囲の者の、「あいつに何ができるものか」と繰り返す声が耳にはいるばかりに、私たちは、したいと思うあれやこれやのことを、子供のころからどれだけ手をつけずにすごしてきたことだろう。……

盲目の娘は、まるで意志のない何かの塊のように、連れ出されるなりにまかせていた。目鼻だちはととのって、まず美しいほうといえるが、まったくの無表情だった。部屋のすみの、屋根裏へ通じる内梯子《ばしご》の下のところに、この娘がふだん寝場所にしていた藁《わら》ぶとんがある。私はそこから毛布を一枚とってきた。

近所の女はお愛想を見せて、娘を念入りにくるむ手伝いをしてくれた。夜空が冴《さ》え返って、冷えびえしていたからである。馬車の角燈に火を入れると、まんまるにちぢかまって私にもたれかかる。魂の抜けた肉塊の毛布包みを乗せて、私はその家をあとにした。どんよりと体温が伝わってくるので、わずかに生きていることがわかるのである。道々私は考えた。——この子は眠っているのかしら。だとすれば、それはどんなにか暗い眠りなのだろう。……それにこの子にとって、眠りと目ざめとはどこがちがうのだろう。主よ、この不透明な肉体のうちに棲《す》む一つの魂は、その中にとざされながら、あなたの恵みの光の来て触れるときを、待ち望んでいるにちがいありません。私の愛の力が、この魂から恐ろしい闇を払いのけることを、主よ、あなたはお許しくださるのでしょうか。……

何よりもまず真実を重んじる私は、帰宅してから受けなければならなかったつらい待遇のことを、書かずにすますわけにはいかない。私の妻は徳の園にもたとえていい女だ。時おり持ちあがる二人のあいだのもめごとの最中でさえ、私は妻の気だての美しさだけは、片時も疑う気はしなかった。ただ、その生れついた慈悲心は、妙に不意打ちをきらうのである。几帳面《きちようめん》な女の常として、義務をなおざりにしない一方では、その限界をこえることもさし控えたがるのである。愛の泉も、いつかは汲《く》み尽されるときがあると思うのか、妻の慈悲心には、おのずからなる節度があった。これがただひとつ、私たちお互いの意見が、しっくり合わない点なのだが。……

その夜、私が小娘を連れて帰ったのを見て、まず妻の念頭にのぼった考えは、次のような叫びになって現われた。――

「あなたは、また何を背負《しょ》いこんでいらしたの」

家の者みんなに言って聞かせることのあるときのいつもの例にしたがって、私はまず子供たちに出てこさせた。みんなびっくりして、不思議そうに口をあけて立っている。ああこれは、私のひそかに願っていた扱いとは、なんとかけ離れたものだろう。ただ小さなシャルロットだけは、何かしら目新しい生き物が馬車から出ようとしているのを見て、手をたたいて小躍《こおど》りしはじめた。すると、母親に仕込まれきった他の子供たちは、急いでそれを制しておとなしくさせた。

それからしばらくは大騒動だった。妻も子供たちも相手が盲目の娘とはまだ知らないから、手を引いてやる私の極度の用心ぶかさが、腑《ふ》に落ちないのだった。私は私で、道々ずっと握りとおしてきた手をはなすやいなや、この哀れな片輪の子が異様なうめき声を立てはじめたので、すっかりうろたえてしまった。その泣き声はとても人間の声とは思えず、小犬の悲しげな鳴き声を思わせた。これまでずっと彼女の全宇宙を形づくってきた狭苦しい感覚圏の外へ、はじめて引っぱり出されたためか、その両膝《りょうひざ》は自分のからだの重みにすら耐えないのである。椅子《いす》をすすめてやっても、まるで腰かけたことのない人のように、床《ゆか》のうえにくず折れてしまった。そこで暖炉のほうへ連れていってやると、あの老婆の家の炉ばたではじめて見かけたときの姿そのままに、暖炉の張り出しわくにからだをまるめて寄りかかって、やっとのことでいくらか落ち着きを取り戻したらしかった。馬車の中でも座席からずり落ちて、私の足もとにちぢかまりどおしてきたのである。妻も、とにかく手だけは貸してくれた。いったい私の妻は、自然のままにしているときがいちばんいいのだが、絶えまなしに理性を働かせるため、かえって心にもない羽目におちいることが多かった。

「これを、どうなさるおつもりなの？」

ひとまず娘が落ち着くと、妻はまたそう言いだした。

この中性の呼び方は、ぎくりと私の胸にこたえ、憤怒《ふんぬ》を押えるのが容易なことではなかった。しかし、さいぜんからの安らかな瞑想《めいそう》にまだひたりつづけていた私は、じっとそれをこらえて、ふたたび輪を描いて取り巻いているみんなのほうを振り返り、盲目の子の額に片手をのせたまま、「失われた羊を連れて帰ったのだよ」と、できるだけおごそかな口調で言った。

けれどアメリーは、いやしくも道理をはずれたりこえたりしたことは、福音書の教えにあるはずがないと思いこんでいる女である。何か言い返そうとする素振りが見えたので、私はジャックとサラに合図をして、下の二人を連れて部屋を出て行かせた。彼らは両親の間のいざこざには慣れっこになっているうえに、生れつきあまり好奇心の強いほうではない（私の目にはしばしば不足とさえうつったものである――）。それでもまだ妻が小さな闖入者《ちんにゅうしゃ》に気を兼ねて、じれ気味のように見受けられたので、私はこう言い添えた。

「この子の前なら話しても大丈夫だよ。可哀そうに、なんにもわからないのだからね」

そこでアメリーは、どうせ私なんか、なんの言うこともないのですけれどと、いつも長談義にはつきものの前置きから始めて、それにあなたが、たとえどんなに習慣や常識にはずれた非実際的なことをお思いつきになろうと、私はやっぱりあなたの言いなりになっているほかはありませんものねなどと、不服を並べはじめた。この子の始末について、私がまだ何ひとつ方針を立ててなかったことは、前にも書いておいた。この子を手もとに置いて世話ができようなどとは夢想だにもしておらず、よし考えていたにしても、ほんの漠然《ばくぜん》としたものだった。いったいこの考えは、「これだけいれば、うちはもうたくさん」とお思いではないかと、たたみかけて尋ねたアメリーの言葉のおかげで、はじめて私の頭の中に、はっきりした形を取ったと言えるのである。妻はなお、私が家族のことなどいっこうおかまいなしに、自分勝手なまねばかりするとか、彼女としては五人の子供だけで十分だと思うし、それにクロードが生れてからというもの（ちょうどこのとき、まるで自分の名を呼ぶ声が耳にはいりでもしたように、赤んぼは揺籃《ゆりかご》の中で泣きだした――）、もう「ぎりぎり一杯」で、これ以上はとても手がまわらないなどと言い立てた。

妻の詰問《きつもん》の初めの文句を聞きながら、キリストの言葉が胸から口もとまで上がってきた。しかし、聖書の権威のかげに自分の行為をかくまうのは、いかにもにがにがしいことに思われたので、私はそれをじっと嚙《か》み殺してしまった。だがやがて妻が、所帯の苦労のことを言いだす段になると、私はろくろく顔を上げていられなかった。軽はずみな熱情のほとばしるにまかせたあげく、とどのつまりは重荷を妻に負わせて顧みなかった身の覚えが、一再ならず私にはあったからである。それにしても妻のとがめだては、かえって私の義務の念を呼びさますことになった。で私はアメリーに向って、もしお前が仮に私の立場に立ったとしたら、やはりこのように振舞うのではなかろうか、それとも、みすみすなんの寄辺《よるべ》もないとわかっている子を、窮地に見すてておくことができるとお思いか、よくよく考えてごらんと、おだやかな言葉で頼んでみた。それからなお、これまでの所帯やつれのうえに、またこの片輪の厄介者まで背負うのでは、さぞ苦労も重なることと察しないではないが、心に思うばかりでこれまで以上には手助けもできない自分が、われながら歯がゆくてならないともつけ加えた。こうして私は、言葉を尽して彼女の心をなだめ、そのひまには、なんの罪咎《つみとが》もない無心の娘にくれぐれも悪意をいだいてはくれるなと頼みこんだ。そのうえ、サラもこれからは少しはましな手助けもできる年ごろだし、ジャックのほうもそろそろ手が抜けるころであることも、彼女に気づかせるように仕向けた。つまりは、もしも私がこんなふうにだしぬけにその意志に働きかけないで熟考の時をさえ与えてやったら、むしろ自分のほうから進んで世話役を買って出てくれたに相違ない妻なのだが、その妻を励まし承知させるような言葉を、主は私の口に置きたもうたのである。

勝負はまずこっちのものと私は見た。アメリーは早くも情のこもった面持ちでジェルトリュードの身近へ寄っていく。ところが、とにかくどんな子なのかしらとランプを差しつけて見て、その子のなんともいえぬきたならしい有様を認めたとき、押えに押えていた彼女の怒りはいちどきにはじけ返った。

「まあ、なんて臭い！」と、彼女は叫んだ、「着物を払っていらっしゃい、さ、早くさ。いいえ、ここじゃいけません。外へ出て振っていらっしゃい。まあ、どうしよう。子供にみんなたかってしまうじゃありませんか。およそ何がいやだって、虱《しらみ》ほどいやなものはありませんわ」

なるほどそう言われて見ると、可哀そうに娘は虱だらけだった。それを馬車の中で長いこと、ぴったり寄り添わせていたのかと思うと、私はこみ上げてくる嫌悪《けんお》の念をいかんともなしえなかった。

できるだけ念入りに服を払って、数分ののち部屋に戻った私は、妻が肘掛椅子《ひじかけいす》にくずれて、頭をかかえてむせび泣いているのを見た。

「お前の誠意を、こんな試練にあわせるつもりはなかったのだよ」と、私は優しく声をかけた、「なんにしても、今夜はもうおそいし、それによく見えもしまい。私はこの子の寝ているそばで、火の番をして夜を明かすことにしよう。あすになったら髪を刈って、よく洗ってやろうじゃないか。この子を見ても平気でいられるようになるまでは、お前の手で世話をしないでもいいからね」

そう言って私は、このことは子供たちには黙っていてくれと頼んだ。

晩飯の時刻になっていた。婆やのロザリーは、給仕をしながらしきりに敵意のまなざしを送っていたが、娘は私の差し出すスープの皿に、むさぼるようにかぶりつくのだった。その夜の食卓はひっそりしていた。できることなら私は、この日の一部始終を子供たちにも話してきかせ、この娘ほどに完全に無一物なのは尋常一様なことではないことを、はっきり会得させて子供心を動かす一方、神が特に私たちを招いて拾いあげさせたもう娘に対する、憐憫《れんびん》と同情の念をかき立ててやりたかった。だが、せっかく静まったアメリーの腹だちを思うと、それも遠慮されるのだった。そのままに見すごして、その日のことは忘れるようにとの、神のおぼしめしだったのかもしれない。それにせよ、私たちのうちだれ一人として、ほかのことを考えていた者はなかったはずである。

みんなが寝床について、アメリーも私を残して寝室に引き取ってから一時間あまりもたったころ、私を非常に感動させたことが起った。寝まき姿に素足の小さなシャルロットが、その部屋の戸を細目にひらいて、そっとはいってきたかと思うと、いきなり私の頸《くび》にとびついて、きゅっと締めつけながら、こうささやいたのである。——

「あたし、パパにおやすみを言うのを忘れたのよ」

それから、自分が寝入る前に、もう一ぺん見ておきたかった盲目の娘の、無心な寝姿のほうを小さな人さし指で指さしながら、声を低めて、

「あの子にキスしてあげちゃいけないの？」

「あすキスしておあげ。今夜はそっとしておきなさい。おねんねだからね」

戸のところまで送っていってやりながら、私はそう言った。

それからまた椅子にすわって、本を読んだり今度の説教の下準備をしたりして、夜明けまでの時をすごした。

私はこんなことを考えていた(今それを思い出す)、――たしかに現在のシャルロットは、上の子供たちよりもずっと情愛の深い様子を見せている。だが、ほかの子供たちもあの年ごろには、私にぬか喜びをさせたものではなかったか。今ではあんなによそよそしい、遠慮がちな子になっている長男のジャックにしても、やはりそうだ。……おとなしい子供たちだと、みんなそう思っているが、その実は甘ったれの、おべっか者なのだ。

二月二十七日

昨夜《ゆうべ》のうちにまた雪がどっさり降った。もうじき窓から出なければならなくなるというので、子供たちはしきりとはしゃいでいる。今朝は表口がふさがれてしまって、洗濯場《せんたくば》からしか出られなくなったのだ。村に食糧が十分あることは、昨日確かめておいた。当分は、ほかの村との交通もとだえるものと覚悟しなければなるまい。雪に閉じこめられるのは、なにも今年の冬にはじまったことではないが、これほど深く積ったこともためしがない。このひまに、先日はじめた物語を続けようと思う。

前にも書いたとおり、連れて帰ったこの不自由な子が家でどんな待遇を受けることになるかについては、あまり深く考えずにいた。妻がいくぶん反対するだろうくらいのことは心得ていたし、家の手狭なことも、苦しい所帯のことも承知していた。しかも私はいつもながらの調子で、主義だの自然の気持だのにまかせて行動して、見境のない熱情にまかせたあげくが、どんな出費を背負いこむことになるのやら、そのへんはまるで計算しようともしなかった。（そうしたことは福音書の教えにそむくものと常々私は考えている）だがそれが、神にかこつけていい気になったり、自分の荷を他人の肩に背負わすことになるのだとしたら、問題はおのずから別である。間もなく私は、アメリーの肩にとても重い務めを負わせてしまったことに気がついて、しばらくはどうしたものかと途方にくれてしまった。

娘の髪を刈るときも、私はできるだけ手伝った。妻がいやいやながらしていることが見えすいていたからである。けれど、お湯に入れて洗ってやる段になると、妻にまかせるほかはなかった。こうして、いちばんつらいいちばんいやな面倒を、自分でせずにすんだことを思い知った。

要するにアメリーは、不平がましいことは少しも言いださなかったのだ。一晩のうちによく考えて、この新たな負担を引き受ける決心がついたと見える。何かしら興味をさえ感じている様子で、ジェルトリュードの身仕舞いを終えたときには微笑を見せたほどである。短く刈り込んだ頭は、私の手でポマードを塗ったのち、真っ白な帽子でおおわれた。さっぱりした下着と、サラのお古の着物に着かえさせて、きたならしい襤褸《ぼろ》はアメリーが火に投げ入れた。このジェルトリュードという名前はシャルロットが選んだのだが、本当の名は当人も知らず、また調べようもなかったので、すぐそれに決ったのである。サラより少し年下らしく、サラが一年前に着られなくなった着物がぴったり合った。

ここで私は、引き取った当座に味わった深い幻滅感を白状しておかなければならない。明らかに私はジェルトリュードの教育について、一編の小説を作り上げていたのだ。ところが現実の裏切りようはあまりにも無残だった。何をされてもけろりとした遅鈍なその表情、というよりもまったくの無表情が、せっかく意気ごんだ私の気持を凍りあがらせてしまった。彼女は一日じゅう暖炉のそばで、防御の身構えをじっとしていた。私たちの声が耳にはいるか、ことにだれかが近寄りでもしようものなら、その顔つきはたちまちこわばるのであった。無表情でなくなるのは、敵意を示すときだけなのだ。少しでも彼女の注意を呼び起そうとすると、獣のようなうめき声を立てはじめた。こうした不機嫌《ふきげん》が収まるのは、食事の匂《にお》いがしだすときだけで、私が差し出す皿にまるで獣のようにがつがつと飛びついてくるありさまは、見るに耐えぬものがあった。愛には愛で応《こた》えるのと同じ行き方で、この魂の執拗《しつよう》な拒絶に出会っては、嫌悪の情を禁じえなかった。白状すると、はじめの十日ばかりは落胆の極、どうでもなれという気になって、いまさら見境のなかった自分の行為を悔んだり、連れて帰らなければよかったなどと考えたりした。しかし私にとっていっそうつらかったのは、こうした感情が知らず知らず私の顔色にあらわれるのを見たアメリーが、だいぶ鼻を高くしだして、私がジェルトリュードを重荷と感じ、家に置くのを苦にしはじめたと感づいてからというものは、いよいよ熱心に世話をするらしい気色を見せたことである。

私がこうした気持でいたとき、バル・トラベールにいる私の友人マルタン医師が、往診に出たついでに尋ねてきてくれた。ジェルトリュードの様子を話して聞かせると、彼はひどく興味を感じて、ただ盲目というだけのことでこれほどまで知能の発達が遅れたという事実に、まず何よりも驚かされたらしかった。だが、実は不自由なうえに、そのときまでずっと面倒を見てくれていた老婆が聾で、一言も口をきいたことがなく、したがってこの子はまったく捨てて顧みられなかったも同然なのだと言い添えると、それならば絶望するにはあたらない、ただ私のやり方がよくないのだと熱心に説くのだった。

「君はしっかりした土台も築かぬうちから」と彼は言った、「建築をはじめようとしているのだよ。見たまえ、この魂の中では、何もかもが混沌《こんとん》としていて、最初の骨組みさえできてはいないのだ。まず手始めにいくつかの触覚や味覚をそれぞれ一つに束ねておいて、それにまるでレッテルでもはるような具合に一つの音、一つの言葉を結びつける。そして君は、それを飽きるほど何度も繰り返して聞かせ、やがてその子にも繰り返して言わせるように仕向けるのだ。ただね、けっしてあせってはいけないよ。時間をきめて相手になるようにして、けっして長いことぶっ続けにやるのは禁物だ。

……」

「それにこの方法は」と、彼は、こまごまと説明した後でそうつけ加えた、「何の造作もないことなのさ。僕が発明したわけでもなく、すでにいろんな人たちが実地に応用しているのだ。ね、覚えているだろう、僕たちが高等学校の最上級にいたころ、教授連がコンディヤックや、例の《生気を吹きこまれた泥人形》のことで、これとよく似た場合のことを話してくれたじゃないか。……それとも」と言いなおして、「もっと後で僕が心理学の雑誌で読んだのだったかな……。まあどっちでもかまわないが、その話はよっぽど僕の心を打ったと見えて、今でも可哀《かわい》そうなその子の名前まで忘れずにいるほどなのさ。盲目のうえに唖で聾なのだから、ジェルトリュードよりもずっとひどい廃人さね。それをイギリスの何とかいう伯爵のかかえ医者が拾い上げたのだ。前世紀の中ごろの話だよ。娘の名はローラ・ブリッジマンといった。その医者は、君もそうすべきだが、娘の知能の発達、といっても初めのうちはまあ教えこむためのいろんな努力だけだが、それを日記につけておいたのだよ。幾日も幾週ものあいだ、二つの小さな物体、つまり一本のピンと一本のペンとを、根気よくかわるがわるさわらせたり探らせたりしては、今度は点字の紙の上に浮彫りになっている英語の *pin* と *pen* という二つの言葉をさわらせたのだ。何週間たっても、なんの手ごたえもなかった。娘の肉体には魂が宿っていそうもなかった。それでもその医者は信念を失わなかったのだね。自分は結局、真っ暗な深い井戸のふちに身を乗りだして、今につかまってくれるだろうと一縷《いちる》の望みをつなぎながら、やけに綱を振っている人のようなものだったと、彼は述懐している。つまり彼は、深淵《しんえん》の底にだれかがいて、いつかはその綱につかまってくれるに相違ないと、一瞬たりとも疑わなかったのだ。すると、とうとうある日のこと、彼はローラの無感覚な顔に、一種の微笑の輝くのを見た。この瞬間、彼の目には感謝と愛の涙がわいて、彼は主を賛《たた》えるために思わずひざまずいたにちがいないと僕は思うね。ローラは突然、その医者の意のあるところを理解するようになった。救われたのだ！　この日からというもの、彼女には注意の力が生れて、その進歩は実にめざましかった。間もなく自分からすすんで学問をするようになって、しまいには盲人学校の校長になったそうだ――少なくもそれが人違いでなければね……だって近ごろはこんな例がだいぶ出てきて、雑誌や新聞が長々と書き立てて、かかる薄幸な者までが幸福たりうるとは、などと、僕に言わせりゃいささか馬鹿げた話だが、われがちに感嘆しおどろきいっている始末だからねえ。だってそうじゃないか、そうした不能者こそ実はてんでに幸福だったのであり、彼らが自己表現の力を与えられるやいなや、まずなすべきことは彼らの幸福なりし日を物語ることにあることは、目に見えたことなのだからね。もちろん記者連中にしてみれば、生れながらに五官を《享受》《きょうじゅ》しながら、しかも厚かましく不平を並べ立てる手合いのための頂門の一針たらしめんと、躍起になっている次第じゃあるのだがね。……」

ここでマルタンと私の間に議論が持ちあがった。私は彼の悲観論に反対して、どうやら君は、五官は結局われわれを不幸にするだけの役にしか立たぬという説を認めているらしいが、それにはどうしても承服できないと言った。

「僕の言うのは、そんな意味じゃないよ」と彼は言い返した。「僕はただこう言いたいのだよ。——人の魂にとっては、この世を残るくまなく曇らせ汚し堕落させ苦しませる無秩序や罪悪よりも、美や安らぎや調和などを思い描くほうが、いっそう容易でもあり自然でもあるわけだ。ところでわれわれの五官なるものは、いま言ったような無秩序なり罪悪なりについてわれわれに教えるとともに、われわれを助けて、この世に何らかの寄与をさせようとするものだ、とね。だから僕は、ウェルギリウスの句 *Fortunatos nimium*（まことに幸いなるかな）の次には、彼の言った *Si sua bona norint*（おのが幸福を知らば）よりも、むしろ *Si sua mala nescient*（おのが不幸を知らざりせば）と続けたいものと思うなあ。不幸を知らずにいられたら、人間はどんなに幸福だろう！」

それから彼は、ディケンズのある小説のことを話した。これはローラ・ブリッジマンのことから直接ヒントを得たものにちがいないと言って、すぐに送ってよこすと約束した。はたして四日すると私は『炉ばたのこおろぎ』を受け取って、非常におもしろく読んだ。これは盲目の少女の物語で、いささか長すぎるけれど、ところどころ感動ぶかい個所がある。貧しい玩具《がんぐ》作りの父親が、娘を安心と富と幸福の幻影のなかに住まわせておく話である。ディケンズは、この偽りをどうにかして信仰に適《かな》わせようと筆をふるっているが、ありがたいことに私は、ジェルトリュードのことでその真似《まね》をする必要はないだろう。

マルタンが尋ねてきてくれた翌日から、私は彼の言った方法を実行に移し、それに熱中した。あの薄明の道のうえに、はじめのうちは手さぐりするのもやっとだった私に導かれて、ジェルトリュードがしるした最初の足跡を、彼の忠告どおりノートにとってておかなかったことがいまさらに後悔される。はじめの数週間に要した忍耐は、人の想像にあまるであろう。それも、手ほどきに時間がかかったばかりではなく、そのために、つらい非難も忍ばねばならなかったからである。この非難の主がアメリーだったと言わねばならぬのは、私にとってはいかにも心苦しい。とはいえ、私がここにこのことを記すのは、なんの恨みも憤《いきどお》りをもいだいていないからこそである。のちのちこの手記が彼女の目に触れるときもあろうかと思い、これだけはおごそかに証言しておく。(同胞の罪を許せということは、迷える羊のたとえ話のすぐあとに続けて、キリストが教えたもうたところではないか)重ねて言っておく。妻の非難がもっとも激しかったときにせよ、ジェルトリュードのことにいつまでもかまけていると咎《とが》める彼女の言葉を、私はさらさら恨みに思うことはできなかった。私が妻の非を鳴らしたのは、私の心労がいつかは実を結ぶときのあることを、彼女がちっとも信じようとせぬ点についてである。そうだ、私が情けなく思ったのは、この信念の欠如なのだ。とはいえ私は、力を落しはしなかった。彼女が「まだなんとかなるおつもりですのなら……」と繰り返すのを、私はいくたび耳にしなければならなかったろう。彼女は愚かにも、私の骨折りがしょせんは空《むな》しいものと思いこんでいたのだ。したがって、私がこんな仕事で時間をつぶすのがいかにも心外でならぬらしく、もっとましな時間の使い道が他にあるはずだと言い張るのだった。私がジェルトリュードの面倒を見ていると妻はかならず、だれかしら、それとも何かしら私の手のあくのを待っているものがあるのに、そのほうへ振り向けるべき大切な時間を、みすみすそんなことで使っているとほのめかそうと試みた。だが、「家の子供には、一人だってそんなにしておやりになったこともないくせに」と言い言いしていたところを見れば、つまりは一種の母性の嫉妬《しっと》がさせるわざだったのだろう。いかにも妻の言うとおりで、私は自分の子はいくら可愛《かわい》くても、それほど面倒を見てやる気持になったことはけっしてなかった。

例の迷える羊のたとえ話は、しん底からの信者をもって任じている人々の中でも、ある種の人間にとっては容易に承服しがたいたとえの一つであることを、私はこれまでしばしば経験してきた。羊の群れの中の一匹一匹を切り離して考えたとき、それが牧者の目には残りの羊全体をひっくるめたよりもかえって貴重なものと映りうる——

ということが、彼らの理解の手のとどかぬ点なのだ。「百匹の羊をもてる人あらんに、もしその一匹迷わば、九十九匹を山に残しおき、往きて迷えるものを尋ねぬか」という慈悲に輝く言葉も、彼らをして忌憚《きたん》なく言わしめたならば、不公平もはなはだしいと呼ぶに相違ない。

ジェルトリュードのはじめての微笑は、私のありとあらゆる煩《わずら》いを慰め、私の苦労を百倍にしてつぐなった。けだし「もしこれを見出さば、われまことに汝《なんじ》らに告ぐ、迷わぬ九十九匹に勝《まさ》りてこの一匹を喜ばん」と言われたとおりである。そうだ、私もまことにこれを告げたいが、あれほど日数をかけて私が何を教えようとしていたのかを突然さとって、それに興味を感じはじめたと見えたその朝、あの泥人形みたいな顔に浮んだ微笑は、家のどの子の微笑よりも、私の胸を清らかな歓喜で満たしてくれたのだ。

三月五日。私はこの日付を、誕生日のように胸に刻んだ。それは微笑というよりは、むしろ変容に近かった。突然彼女の顔に生気が生じた。それはアルプスの高地で、曙《あけぼの》の光がさす前に、雪山の頂の形をくっきりと闇《やみ》のなかから引き出してふるえさせる、あの緋色《ひいろ》がかった薄明りのように、にわかにさした光明のようなものだった。神秘な色どりとも言えよう。私はまた、御使《みつかい》がくだって眠れる水を今しがた目ざめさせたばかりの、ベテスダの池を思った。ジェルトリュードの顔に突然あらわれた天使のような表情を見て、私は一種の恍惚《こうこつ》をおぼえた。けだしその瞬間に彼女を訪れたものは、知性よりもむしろ愛だったように思われたからである。そこで感謝の情がこみあげてきて、思わず私が彼女の美しい額に与えた接吻《せっぷん》は、私には実は神にささげた接吻のような気がした。

最初の成果に達するまでがむずかしかっただけに、その後の進みは実にめざましかった。いま私は、私たち二人が歩んできた道を、あらためて思い起そうと努力する。まるで私の立てた方式を嘲《あざけ》りでもするように、ジェルトリュードが一足とびに先へ進んでいくように思われたときさえあった。私はいろんな物の種類よりも、まずそれらの性質を会得《えとく》させようとかかったことを思い出す。熱い、冷たい、ぬるい、甘い、にがい、粗《あら》い、柔らかい、軽いなど。……次にはいろんな運動、つまり、離す、近づける、上げる、交差させる、寝かせる、結ぶ、散らす、集める、など。……そのうちにもう方式などは捨てて、ついてこられるかどうかはあまり心配せずに、話をするところまでこぎつけた。ただしゆっくりと、合間合間には質問ができるように仕向けながらである。一人ぼっちにしておくあいだにも、その精神の内部にある種の操作が行われていたことは疑いもない。なぜなら、次に一緒になるときにはかならず新たな驚きを味わわされ、彼女から私を隔てている闇の層の薄くなったのが感じられたからである。ぬるむ空気と春の根づよい営みが、次第に冬に打ちかっていくのも、やはりこれと同じなのだと考えた。あの雪の解けていくさまに、私はいくたび驚嘆の目を見はったことだろう。さながらマントが内側からすり切れていっても、表のほうは変らないのに似ている。アメリーは毎冬それに騙《だま》されて、根雪は相変らず深いなどという。ところが、まだ深いと思っている間に、雪はいつの間にやら春に負けて、たちまちそこかしこ生命の萌《も》え出るにまかせるのである。

いつも炉ばたで老婆《ろうば》のようにじっとしているのでは、からだに障《さわ》りはしまいかと、やがてジェルトリュードを戸外へ連れ出してみた。が、私の腕につかまらずにはどうしても歩こうとしない。家を一歩踏み出したときの驚きと恐怖の色で、彼女がまだ一度も外へ出たことのないことは、その口から聞かぬまでも私にはわかった。あのときまで彼女のいた小屋では、食べる物をくれて、死なないように（生きさせるためとは言いかねるから――）するほかには、何ひとつ面倒を見てくれる人はなかったのだ。彼女の真っ暗な世界は、あの一部屋のぐるりの壁で区切られていて、そこから一歩も出たことはなかったのだ。夏のうち、戸が光り満ちる大宇宙にむかって明け放たれているときでさえ、ひょいと敷居ぎわまで出てみることもめったにはなかった。あとで話してくれたことだが、そのとき聞いた鳥の歌声を、頬《ほお》や手をなでるあの熱と同じに、やはり光の作用なのだと想像していたそうである。もとより深く考えたわけでもないが、熱い空気が歌いはじめるのは、水を火にかけると煮えたつのと同じことで、すこしも不思議はないと思っていたという。とはいえ、そんなことは気にもとめず、何事にも注意を向けることなしに、私に引き取られたあの日までは深い麻痺《まひ》状態の中に生きてきたというほうが、むしろ真実に近いのだろう。その可愛らしい歌声は、小さな生き物たちが、その唯一《ゆいいつ》の役目でもあるように、遍在する自然のよろこびを感じ、かつ表現するために発するのだ、と教えてやったときの、彼女の限りない喜びようが今でも目に浮ぶ。(「あたし、小鳥のようにうれしいの」というのが口癖になったのも、この日以来のことである) 一方では、この歌声の物語るすばらしい景色も、自分にはながめられないのだという考えが、彼女をだんだん憂鬱《ゆううつ》にしていった。「ほんとうに」と彼女は言った、「この世界は、小鳥の歌うようにきれいなのかしら？　なぜ人間はもっとそのことを話さないのでしょう？　あなただって、ちっとも話してくださらないんですもの。見えないので、私が悲しがりはしないかと、それがご心配なの？　そんなことありませんわ。私には鳥の声がこんなによく聞えて、言っていることがすっかりわかるような気がしますもの」

「目の見える人には、あんたほどよくは聞えないのだよ」と、私は慰めるつもりでそう言った。

「どうしてほかの生き物は歌わないのでしょう？」と、彼女はまたきいた。彼女の質問には、こっちがまごついて、しばらくは返事ができずにいるようなこともよくあった。それまで別に怪しみもせずに受け入れていたことを、いやでも考えなおさせるような質問だからである。動物というものは、地に結ばれて不活発なほど、ますます性質が陰気だということに、私ははじめて考え及んで、それを彼女にも理解させようとかかった。私は栗鼠《りす》とその芸当の話をしてきかせた。

するとと彼女は、空を飛ぶ生き物は鳥だけなのかときいた。

「蝶々《ちょうちょう》もあるよ」と私は言った。

「それは歌いますの？」

「蝶々はもっと別の仕方でよろこびを話すのさ」と私は答えた、「蝶々のよろこびは、羽のうえに絵具で描いてあるのだ。……」

そして蝶の色模様を説明してやった。

二月二十八日

昨日は、思わず筆が先へ走りすぎたので、後戻りすることにする。

ジェルトリュードに教えるためには、まず私が点字のアルファベットを習わなければならなかった。ところが間もなく、彼女は私よりずっとじょうずにこの文字を読むようになった。私には識別がなかなか困難なうえに、どうかすると手よりも先に目で読みがちだった。なお、彼女を教えたのは実は私一人ではなかったのだ。なにしろ私には村の仕事が山ほどあるのだし、それに民家がひどく離れ離れになっているので、貧者や病人の見舞いには、かなりの遠路を駆けまわらなければならなかったから、はじめのうちはこの手助けがありがたかった。クリスマスの休暇で帰省していたジャックが、スケートをしていたはずみに腕を折った。言い忘れていたが、ジャックはそうこうするうちにローザンヌで初等科を卒《お》えて神学科に入学し、ずっとそちらへ行っていたのである。骨折はたいしたこともなく、すぐに来てもらったマルタンだけで、別に外科医の手をかりずに、やすやすと接《つ》げた。しかし、大事にしなければというので、当分家に引きこもっていることになったのだ。そうなると、これまで見向きもしなかったジェルトリュードに急に興味を持ちだして、読み方を教える手伝いをはじめた。彼の手助けは回復期の三週間ほどしか続かなかったが、そのあいだにジェルトリュードは目に見えて進歩した。今ではもう、異常な熱意に駆り立てられているのだ。きのうまで眠りこけていた彼女の知力は、ほんの歩み初めから、いや歩き方もろくろく知らないうちから、もう走りだしていたとさえ言える。彼女の理解をこえたものを説明する場合には、私たちは視距器《テレメートル》による測定法にならって、彼女のさわったり嗅《か》いだりできるものを使うのを常としたが、直接にさわらせたり嗅がせたりすることのできないときは、やむをえず言葉でくわしく説明するほかはなかった。すべて、そんなふうに話して聞かせたり、あるいは直接に識別の法を教えてやったりしたことについての観念を、われわれには実に意想外でもあり非常におもしろくもある方法で具象化しようとさまざまに自分で工夫しながら、しかももう幼さの域を脱した正確さで表現するようになるまでの進みの早さ、また思想を発表するにもたいして困難を感じないらしかった彼女の様子には、私は今でも感服している。

だが、彼女の教育の最初の段階を残らずここに記すことは、どの盲人の教育にも見られる事柄に相違ない以上、無用のわざだと思う。色彩の問題にしてもやはり、すべての盲人の場合を通じて、教師は同様の窮地におちいるのではあるまいか。（これに関連して、福音書の中にはどこにも色に関する記載がないことに私は気づいた）ほかの人がどう処理したかは知らないが、私はまず虹《にじ》の示す順に従ってプリズムの色の名を教えてやった。ところが間もなく、彼女の頭の中に色と明るさの混同が起った。そこで、色合《ニュアンス》という性質と、画家がたしか「色価《ヴァルール》」と呼んでいるものとのあいだになにかの差別をつけるまでには、彼女の想像力がまだいっていないことを私はさとった。どの色にもそれぞれ濃淡があり、色と色とは無限に混合しうるものだということを会得するのが、いちばん厄介だった。これほど彼女を困らせたことはなく、何かというとかならずこの問題に立ち戻った。

そのうちに、ヌーシャテルへ連れて行って、そこの音楽会を聞かせる機会があった。交響楽の中のいちいちの楽器の役割は、偶然にも色の問題を解くのに都合がよかった。真鍮《しんちゅう》楽器、弦楽器、木管楽器が、それぞれみんな違った音色をもち、音の強弱はあるにしても、それぞれいちばん高い音からいちばん低い音にいたるまでいっさいの音階が出せることを、ジェルトリュードに気づかせておいて、さてそれと同じように自然界にも、ホルンやトロンボーンの音色に似た赤と橙色《だいだいいろ》、バイオリンやセロやバスに似た黄色と緑、それからフルート、クラリネット、オーボエなどを思わせる紫や青のあることを、考えてごらんと言ってみた。するとたちまち、疑惑の色は消えて、魂の中からわき出た一種の恍惚《こうこつ》がこれに代った。――

「じゃ、どんなにきれいなことでしょうねえ！」と、彼女は繰り返して叫んだ。

それから急に、

「でも、白は？　白がなにに似ているのか見当がつきませんわ。……」

そう言われてみると、私の使った比較がいかにも一時しのぎの不用意なものに見えてきた。

「白は……」私はとにかく言ってみた、「音がみんなとけあってしまう高いほうのどんづまりなのだよ。ちょうど黒がその低いほうのどんづまりなのと同じにね」

しかしこれでは、彼女はもちろんのこと私としても満足がいかなかった。彼女はすかさずに、最高音のときでも最低音のときでも、木管楽器や真鍮楽器やバイオリンの音色は、それぞれはっきり聞きわけられるではないかと言った。まあそんな具合に、いったいどんな比較を借りてきたものかと探《たず》ねあぐんで、当惑のあまり口をつぐんだことも、幾度あったかしれない。

「それではね」と、やっとのことで私は言った、「白はなにかしらごく純粋で、色も何もなく、あるものはただ光だけの物というふうに考えてごらん。黒はその反対に、あんまり色が重なったので、何が何だかまるでわからなくなってしまったのだと。……」

こんな会話の断片をここに思い起すのは、私が実にたびたびぶつかった困難のほんの一例としてにすぎない。よく人のするようにわかったふりをけっしてしないのが、ジェルトリュードの美点だった。わかったふりをする人は、自分の頭の中を知らず知らずのうちに、不正確なあるいは間違った知識で満たし、したがってその判断も毒されていくことになるのだ。彼女にあっては、その明確な観念を把握《はあく》できないかぎり、あらゆる概念はいつまでも不安と焦慮の種になった。

前にも言ったようなわけで、まず最初に光の概念と熱の概念とが彼女の頭の中で緊密に結びついていたため、問題はいよいよむずかしくなって、その後この一つを引き離すのが並みたいていの仕事ではなかった。

こうして私は、目の世界と耳の世界とがどんなに違ったものであるか、人が一によって他を説明しようとする場合に使う比較がどれほど不完全なものであるかを、彼女を通じてしみじみと経験した。

二月二十九日

比較のことにすっかり気を取られていて、ジェルトリュードがヌーシャテルの音楽会で見せた絶大な喜びのことをまだ書かなかった。曲目はうってつけの『田園交響楽』だった。私が「うってつけの」と言うのは、だれにもすぐ合点《がてん》がゆくように、この作品ほど彼女に聞かせたい作品はないからである。会場を出てからも、ジェルトリユードはずっと黙りつづけて、深い法悦《ほうえつ》にひたっている様子だった。

「あなたがたの見てらっしゃる世界は、本当にあんなに美しいのですか？」彼女はやがてこう言った。

「あんなに、っていうのは？」

「あの『小川のほとりの景色』のように」

私はすぐには答えられなかった。えも言われぬその諧調《かいちょう》が、実は世界をあるがままに写しだしたものではなくて、もし悪と罪とがなかったらさだめしこうもあろうか、こうもあったろうかという世界を描いたものだと私には思い返されたからである。それに私は、悪や罪や死のことを、まだジェルトリユードに言いだせずにいたのである。

「目の見える人間は」と、私はやっとのことで言った、「見えるという幸福を知らずにいるのだよ」

「けれど、目の見えないあたしは」と彼女はすぐさま叫んだ、「耳できく幸福を知っていますわ」

そして歩きながらぴったり寄り添って、子供がよくするように私の腕にもたれかかった。

「牧師さま、あたしがどんなに幸福だかおわかりになって？　いいえ、お喜ばせしようと思って、こんなことを言うのではありません。あたしの顔をよく見てちょうだい。嘘《うそ》をつくときはちゃんと顔色に出るものでしょう？　私には声でわかりますわ。いつかおばさまが（そう彼女は妻のことを呼んでいた）、『あなたには私のことなどどうなってもいいのでしょう』っていやみをおっしゃったことがありましたわね。あのあとで、あなたは私に『泣いてなんかいないよ』ってお答えになったでしょ。でも私は心の中で叫びました、『牧師さま、それは嘘です』って。だって、ほんとのことをおっしゃってらっしゃらないことは、お声ですぐわかりましたものね。お泣きになったかどうか、わざわざあなたの頬にさわってみるまでもなかったのですもの」そこでとても大きな声を出して、「ええ、あなたの頬にさわってみるまでもなかったのですもの」と繰り返した。まだ町なかのことではあり、往来の人が振り返って見るので、これには赤面してしまった。それでもかまわず、彼女は先をつづけて、

「ね、あたしに嘘をおっしゃったりしてはいけません。だいいち、盲人を騙《だま》すなんて、とても卑怯《ひきょう》なことですもの。……それにあたし、そうやすやすとはひっかかりませんものね」と、笑いながらつけ加えた。「ねえ牧師さま、牧師さまは不仕合せじゃない

んでしょう、ね？」

私は、まるで自分の幸福の一部が、彼女から来ているのだということを、言葉でなしにじかに感じさせようとでもするように、彼女の手を私の唇《くちびる》へあてがいながら、こう返事をした。——

「ああそうだとも、ジェルトリュード。私は不仕合せではないともさ」

「だのに、時々お泣きになるの？」

「そりゃ時には泣いたこともあったさ」

「今あたしが言ったときからは、もうお泣きにならなかったの？」

「ああ、あれからはもう泣かない」

「泣きたいとお思いになったこともなくって？」

「ないよ、ジェルトリュード」

「では……あれから嘘をつこうとなすったことはあって？」

「あるものかね」

「もうけっして私を騙そうとはしないって、約束がおできになる？」

「できるとも」

「ではね、すぐお返事をなすってね。あたし、きれいかしら？」

その日までジェルトリュードの注意を、そのいなみがたい美貌《びぼう》のほうへは向けさせまいとしてきただけに、私はこの不意の質問にあって狼狽《ろうばい》した。それに、彼女自身がそれを知ったところで、なんの益があろうと私は考えた。

「それを知ったところで、何になるだろうね？」と、私はすぐさまそう言った。

「だって気になるんですもの」と彼女は言葉をついだ、「心配なんですもの……さあ、なんて言ったらいいかしら……つまり例の交響楽のなかで、あたしがあんまり調子はずれじゃないかと思うんですの。ねえ、牧師さま、こんなことはだれにも聞けないんですもの」

「牧師というものは、顔の美しさなんか気にかけないものだよ」と私は、なんとかして言いのがれようとした。

「なぜでしょう？」

「魂の美しさだけで十分だからだよ」

「あなたは、あたくしがみっともない女だと、思わせておきになりたいのね」と、可愛《かわい》らしい顔をふくらませて彼女は言った。そこで、私はたまりかねて叫んだ。――

「ジェルトリュード。あんたは、自分のきれいなことはよく知っているじゃないか」

彼女は黙ってしまった。ひどく真面目《まじめ》な顔つきになって、家に帰るまでそれが直らなかった。

家に着くとすぐアメリーは、その日の私の行動が気にくわない素振りを見せた。それならそうと前もって言えばいいものを、勝手にさせておいて非難の権利を後に保留するというういつもの癖で、何も言わずにジェルトリュードと私を送りだしたのだ。別に口に出して責めたわけでもないが、沈黙こそその非難のあらわれだった。なぜといえば、私がジェルトリュードを音楽会へ連れて行ったことは承知しているのだから、どんな曲を聞いてきたのかぐらいは、尋ねるのが自然ではなかろうか。ジェルトリュードにしても、自分の楽しみに他人がよしほんの少しでも関心を払ってくれるとわかったら、その喜びはひとしお増すのではなかろうか。もっともアメリーは、まるっきり口をきかなかったのではない。ただなるべくあたりさわりのないことしか言うまいとする、一種のわざとらしさが目についたのだ。夜になって子供たちが寝に行ってから、妻をすみのほうへ呼んで、

「私がジェルトリュードを音楽会へ連れて行ったのが、そんなに不服なのかね」

と、きびしく問い詰めたときになって、やっと彼女はこう言い返した。——

「家の子供には、一人にだってしてやろうとなさらないことを、あの子にだけはして

おやりになるんですもの」

つまりは相変らずの例の苦情なのである。帰ってきた子は喜びのうちに迎えられ、父とともに家にいた子はそうはしてもらえないというあのたとえ話の心を、やはりまだ悟ろうともしないのである。その種の歓待しか望みえないジェルトリュードの不具を、考えてやろうともしない妻の心根も、やはり私には情けなかった。平生あれほどに忙しい私が、その日は神の摂理によって手すきだったのではあり、それに子供たちには皆それぞれの課業や用事のあったこともアメリーは知り抜いていたはずだし、またよた彼女自身にしても音楽の趣味などはまるでなく、よくよくの暇なときでも、またよし音楽会がつい家の門口で開かれたにしても、出かけてみようなどとは夢にも思わぬ女であって見れば、彼女の不服はなんといっても不当といわなければならない。

なおいっそう私にとってつらかったのは、アメリーがそんなことを、ジェルトリュードのいる前でずけずけと言ったことだ。私は妻をすみのほうへ呼んで話したのだが、彼女はジェルトリュードに聞えよがしの大声を出した。私は悲しいというよりは、むしろ腹だたしかった。しばらくしてアメリーが部屋を出て行ってから、私はジェルトリュードのほうへ歩みよって、その小さなかぼそい手を取って私の顔へ持っていきながら、こう言った。

「そらね、今度は泣かなかったろう」

「ええ、今度は私の番ですの」と、無理やりに微笑《ほほえ》もうとしながら、彼女はそう言った。ふと見ると、私を見あげた美しい顔は涙にぬれていた。

三月八日

私がアメリーに与えうるただ一つのよろこびは、その気にさからうまいと自制することだけなのだ。彼女はこの消極的な愛の表示の外へは、一歩も私が踏み出すことを許さない。そのおかげで、私の生活がどんなに縮こまってしまったかは、とても彼女の想像しえぬところなのだ。ああ、彼女のほうから、なにか困難な行動をしろと求めてくれたら、私はどんなにかうれしいだろう。彼女のためなら、どんな向う見ずな冒険でも、私は喜んでやってのけただろう。だがなにぶん彼女は、およそ習慣にはずれたこととなったら、一も二もなく嫌悪する女である。したがって人生の歩みにしても、彼女の目には、同じ日々を過去の上に積み重ねることにしかすぎない。彼女は私のうちに新たな徳が生れることも、これまでの徳が成長することも別に望まず、またこれを受け入れようともしない。本能の馴化《じゅんか》以外の何物かをキリスト教に見ようとする人間不断の努力を、彼女は不安の目でながめている。よしんば、にがにがしい嫌悪の目で見ないまでも。

　白状すると、行きつけの小間物屋の払いをすませ、ついでに糸を一箱買ってきてくれというアメリーの頼みを、ヌーシャテルに着くやいなや私はすっかり忘れてしまったのだ。これには、おそらく彼女が腹を立てたより以上に、私も自分で自分に腹が立った。けっして忘れまいと心に誓ったことではあり、「小事に忠実なものは大事にも忠実ならん」ということも心得てはいるし、忘れたら最後どんな文句をつけられまいでもないことも、内々恐れていた私であってみれば、なおさらのことであった。責められる義理は立派にあるのだから、いっそ頭ごなしに責めつけてもらいたかった。だが例のひとり合点の不服を心のなかに包んだ彼女は、はっきりと非難の言葉を口に出そうとはしなかった。ああ、疑心暗鬼などには耳もかさずに、現実の悪だけで満足ができたなら、人生はどんなに美しく、われわれの不幸はどんなにか忍びやすいことだろうか。……これはむしろ、説教の題目にふさわしいことだが、とにかくここに記しておく（「思い惑うことなかれ」マタイ伝（訳注 正しくはルカ伝）第十二章二十九節）。さてこの手帳に記そうと思いたったのは、ジェルトリュードの知力と精神の発達史なのだった。それに戻ることにしよう。

　私はこの手帳で、その発達の一歩一歩を追いたいものと思い、はじめのうちはくわしく物語ってきた。しかし、いちいちの経過を細かに記す時間の余裕がないうえに、今日になってはその正確な連鎖を見いだすことが非常にむずかしい。筆が走りすぎて、ごく最近のジェルトリュードの省察力や、そうした彼女との会話のことから先に書いてしまったような始末だ。何かの偶然でこの手帳を手にとる人があるとしたら、彼女がまたたく間にあれほど正しい表現力を身につけ、あれほど確かな判断力を持つにいたったことに、さだめし驚くに相違ない。これはまた、じっさい彼女の進歩が案外なほどの速度で行われたせいでもあった。彼女の精神が、私があてがってやる知的な糧《かて》はもとより、いやしくも自分の手のとどく限りのものは残らずとらえて、不断の同化作用と熟成作用によって、ぐんぐんわが物にしていくことの素早さに、私はしばしば感嘆の目を見はったものである。彼女は絶えず私の考えを追い抜き、先まわりして私を驚かせたものだが、他人と話すのを聞いていても、とても自分の生徒とは思えないことがよくあった。

　幾月もたたぬうちに彼女の知能は、あれほど長い年月を眠りこんでいたものとは、とても思えないまでになった。外界に気が散って、さまざまの無益な煩《わずら》いに注意の要点を奪われている世間の多くの娘たちにくらべれば、その知力はむしろ進んでいるようにさえ見受けられた。それに、彼女は私たちがはじめ思ったよりも、ずっと年かさらしかった。その盲目を転じて福としようとする気構えすら見えたので、彼女の不具はいろいろな点でかえって利益になるのではないかと思われだした。私は知らず知らずのうちに、彼女をシャルロットに思いくらべていた。そして、時おりシャルロットの復習をしてやるようなときなど、蠅《はえ》が一匹飛んでいてもすっかり気が散ってしまうのを見て、「この子も目が見えなかったとしたら、さぞよく私の言うことが耳にはいるだろうに」と考えたりした。

ジェルトリュードが非常に本を読みたがったことは、あらためて言うまでもない。しかし、できるだけ彼女の思考の伴侶《はんりょ》になっていきたいと思っていた私は、あんまりたくさん読ませたくなかった。少なくとも私と一緒にでなければ、あまり読んでもらいたくなかった。とりわけ聖書の場合がそうだった。これは、新教徒としていかにも奇怪なことに見えるかもしれないが、いずれ後で説明の機会もあろう。そんな重大な問題に触れるより先に、私は音楽に関係のある、ある小さな出来事を話しておきたい。それはたしか、ヌーシャテルの音楽会があったのち間もなくのことだった。

そうそう、あの音楽会があったのは、夏休みでジャックが帰ってくる三週間前のことだった。それまでにも時たまジェルトリュードを、いつもM……嬢が管理している村の礼拝堂の、小さなオルガンに向わせたことが一再ならずあった。今ではジェルトリュードは、この人の家に住んでいるのである。ルイーズ・ド・ラ・M……はまだ、ジェルトリュードの音楽教育を始めてはいなかった。また私にしても、音楽は好きだが別に深い素養のあるわけでもないので、鍵盤《けんばん》に向うジェルトリュードのそばにすわっても、教えようなどとは思いもよらないことだった。

「いいえ、かまわないでください」と、彼女は最初の手さぐりのときから言った、「あたし、ひとりでやってみたいのですから」

礼拝堂というものが、二人きりで閉じこもるにふさわしい場所とはけっして思えなかったので、私はみずから進んで場をはずすのが常だった。それは神聖な場所に対する畏敬《いけい》の念からでもあり、またくだらぬ世間の取りざたをはばかったからでもある。——いくら平生は世間のうわさなど気にもとめない私だといっても、この場合は彼女にもかかわりのあることで、けっして私だけの問題ではなかったからだ。で、その方面へ巡回の用があるようなときには、ついでに彼女を教会まで送りとどけて、長いあいだ一人きりにしておき、帰りにまた迎えに行ったことがよくあった。彼女はこうして、和声《アルモニー》を見つけだそうと根気よく励んでいた。夕方迎えに立ち寄る私は、何かの協和音にうっとりしたまま、もう長いこと耳を澄ましているらしい彼女の姿を、よく見いだしたものである。

そのころからものの半年あまりもたった、八月のはじめのある日、慰めに見舞ってやった哀れな未亡人が留守だったので、教会に残しておいたジェルトリュードを迎えに引き返した。こんなに早く帰ってこようとは思わなかったのだろうが、その彼女のそばにジャックがいるのを見て、私はひどく驚かされた。私の立てた小さな物音は、オルガンの音に消されてしまい、二人とも私のはいっていったのには気づかずにいた。立ち聞きなどは私のすることではないが、ジェルトリュードのことになると何事によらず気になった。そこで足音を忍ばせて、説教壇の階段を二、三段こっそり登った。そこは屈強の見張り場所だった。白状すれば、私がそうして立っているあいだに、二人は私の前で平気で言えないようなことは、ひと言だって口にしなかった。それにせよ、ジャックは彼女に寄り添って、何べんとなくその手を取っては、鍵盤の上の指先を導いてやっていたのである。そもそも私には、自分一人でやるから放っておいてくれと言っておきながら、いまさら彼の注意や指導を受けている彼女も、ずいぶんと妙な娘ではないか。私は意外さと心痛とがさきに立って、とても自分の目を信じる気にはなれなかった。そして、今にも二人の中へ分けて入ろうとしたとき、急にジャックが時計を出して見た。

「さあお別れだ」と彼は言った、「もうじきお父さんが帰ってくるからね」

そう言って彼女の手を唇へ持っていったが、彼女はじっとされるなりにまかせていた。それから彼は出て行った。しばらくしてそっと階段をおりた私は、つい今しがた帰ってきたのだと思いこませるため、わざと音を立てて教会の表戸をあけた。

「どうだね、ジェルトリュード。帰りの支度はいいかい？　オルガンはうまくいくかね？」

「ええ、とても」と、彼女は実に自然な声で言った、「きょうはたしかに、いくらか手があがりましたわ」

深い悲哀が私の胸をとざした。だが二人とも、今しがた述べた事柄には一言も触れなかった。

その夜私は、ジャックと二人だけになるのが待ち遠しかった。妻とジェルトリュードと子供たちは、遅くまで机に向う私たち二人を残して、夕食がすむと早目に引き取るのが例だった。私はそのときを待っていた。ところが、いざ話そうという段になると、胸のほうが先にいっぱいになって、そんなに乱れた気持では、頭痛の種になっている例の一件をどう切りだしてよいかもわからず、つい言いだしかねていた。すると突然、彼のほうから沈黙を破って、休暇が終るまでずっと家にいることに決めたと言った。というのは、つい二、三日前には、アルプス高地へ旅行に行くのだと言って、妻も私も大いに賛成していたのである。道づれに自分で選んだ友人のT……が待っていることも、私にはわかっていた。とすればこの突然の心変りが、ふと私の見かけたあの光景にまんざら関係がなくもあるまいことは、はっきりと見て取られた。思わず激しい憤怒がこみあげてきたが、それを出してかえって依怙地《いこじ》になられても困るし、あまり荒い言葉を使ってあとで後悔する羽目になるのもいやだったので、ぐっとこらえてできるだけなにげない調子で、

「私はまた、T……君がお前を当てにしているのかと思ったよ」と言ってみた。

「なあに」と彼は答えた、「たいして当てになんかしていませんよ。代り役ならいくらでも見つかるでしょうからね。休養のためなら、ここだってオーベルランドだって同じことですし、それにだいいち、山の中を駆けずりまわるよりは、ずっと時間が有効に使えますからね」

「つまりお前は」と私は言った、「何か用ができたというのだろう?」

その声の裏に、なにか皮肉な響きのあるのに感づいた彼は、じっと私の顔を見た。しかし、その動機がいったい何なのか、まだわからないので、ふたたび気軽な調子に

返って、

「今までだっても僕は、登山杖《アルペンストック》より本のほうが好きだったじゃありませんか」

「なるほど」と、今度は私のほうでじっと見つめながら言った、「だがお前には、オルガンの先生をするほうが、本を読むよりずっとおもしろくはないかね」

彼は顔の赤くなるのを感じたのだろう、ランプの光を避けるふりをして、額に手をかざした。けれど、すぐさま落ち着きを取り戻すと、小憎らしいほどはきはきした調子で、

「お父さん、そんなにおっしゃらないでください。僕は隠すつもりはなかったのです。打ち明けようと思っていた矢先に、お父さんに先をこされたのです」

本でも読むような、落ち着きはらった口調だった。まるで、ひとごとででもあるような冷静さで、一言一言はっきり区切って言った。彼の異様なほどの沈着さを見て、私の憤怒はその極に達した。今にも何か言いだしそうな私の気色に、「いや、お父さんは後に願います、まず僕に言うだけのことを言わせてください」とでもいうように、彼は片手を上げた。しかし私はその腕をつかんで、揺すぶりながら、

「ジェルトリュードの清らかな魂が、みすみすお前ににごされるのを見るくらいなら」と、語調を荒らげて叫んだ、「いっそ二度とお前の顔を見ないほうがましだ。お

前の告白なんぞ聞く必要はない。ひとの不具、純真、無邪気さにつけこむなどとは、じつに卑劣きわまることじゃないか。まさかお前が、そんな人間だとは知らなかったよ。しかも私の前で、そのふてぶてしい物の言い方は何事だ。……よく聞くがいい、私はジェルトリュードのことでは責任があるのだ。今後はあれと口をきくことも、手にさわることも、会うことも、いっさいお父さんは許しません」

「でも、お父さん」と、彼は、やはり同じ冷静さで言いつづけた。その声を聞くと、私は思わずかっとなった。――「僕だってジェルトリュードの人格を尊重することにかけては、けっしてお父さんに負けないつもりです。僕の行為ばかりじゃない、僕の思惑だの下心だのにしたところで、もし何か咎《とが》むべきものがあるとお考えなら、それはお父さんの妙な誤解というものです。僕はジェルトリュードを愛します。愛するとともに尊敬します。あの子の心をにごそうとか、あの子の純真さや盲目につけ入ろうとかいう考えは、おっしゃるまでもなく卑劣きわまることと心得ています」それから、自分の願望は、彼女の支持者たり友人たり良人《おっと》たることにあったこと、結婚の決心のつかぬうちは私に話す必要はないと思っていたこと、この決心についてはジェルトリュードはまだ何も知っていないこと、真っ先に私に話すつもりでいたこと、などをきっぱりと言い切って、「私の申しあげることはこれだけです」とつけ加えた、「もうほかには、何ひとつ申しあげたいこともありません。それを信じてください」

この言葉は私を茫然《ぼうぜん》とさせてしまった。聞いているあいだじゅう、自分のこめかみが脈々と打つ音が聞えた。叱責《しっせき》の言葉しか用意していなかった私は、そんなふうに立腹の理由が片っぱしから奪われていくにつれ、ますます手も足も出なくなるのを感じた。で、彼の話が終ったときには、もう何も言うことがなかった。

「もう寝るとしようか」と、かなり長い沈黙ののち、椅子《いす》を立って私は言った。そして彼の肩に手をかけて、「私の考えはあす話すとしよう」

「せめて、もう怒ってはいないとだけおっしゃってください」

「まあ今夜よく考えてみよう」

あくる日ジャックと顔を合わせたとき、私は彼をはじめて見るような気がした。自分の息子が急に子供でなくなって、一人前の青年になったように思われた。ふと見つけた彼の恋がけしからぬものに思われたのは、いつまでも子供扱いにしていたせいかもしれなかった。夜どおし考えたあげく、けしからぬどころかかえって自然であり、当り前であることがはっきりわかった。にもかかわらず、ますます募ってゆくこの不満はどうしたことだろう。そのわけは、もう少し後になってやっとわかったのである。とにかくジャックをつかまえて、私の決心を告げなければならなかった。良心の本能と同じくらい確かなある本能の声が、この結婚はどうしてもやめさせなければならぬと私にささやくのだった。

私はジャックを庭の奥へ連れて行った。そこで、私は真っ先にこう尋ねた。

「ジェルトリユードには打ち明けたのかね」

「いいえ」と彼は言った、「うすうすはあの子も感づいているかと思いますが、まだ打ち明けてはありません」

「そうか。じゃ、当分は言わないと約束をしなさい」

「お父さん、僕はお父さんの言いつけには従うつもりでいます。けれど、そのわけを聞かせていただけないでしょうか」

私は説明をためらった。最初に頭に浮んだ理由が、はたしていちばん肝心《かんじん》な理由なのかどうか、それがよくわからなかったからである。本当を言うと、その場合私の態度を支配していたのは、理性よりもむしろ良心だったのだ。

「ジェルトリユードはまだ若すぎる」と、私はやっとのことで切りだした、「まだ聖体も受けていないじゃないか。それにあの子は、可哀そうにほかの子供なみではない。発達も非常に遅れているのだ。純真なあの子のことだから、はじめて聞く愛の言葉はよほど身にこたえるにちがいない。そんな言葉を、あの子に聞かせてはならんという理由はこれだ。防ぐすべを知らぬ相手から物を奪うのは卑怯《ひきよう》というものだからね。お前が卑怯者でないことは私も知っている。自分の感情には、なんのやましいところもないとお前は言ったね。しかも私がそれを悪いというのは、どうも時期を得ていないからだ。ジェルトリユードにはまだ分別がないのだから、私たちが代りに分別を持ってやらなければいけない。これは良心の問題だよ」

ジャックは非常にいいところがあって、彼を制するには、ただ「お前の良心に訴える」と言うだけで十分だった。彼が子供だったころ、私はよくこの手を使ったものである。そんなふうに話しながら、しげしげと彼をながめていると、もしジェルトリユードに目が見えるとしたなら、そのすらりとよく伸びたしなやかな姿や、皺《しわ》ひとつない美しい額、あっさりしたまなざし、まだ子供っぽいけれど急に重みを帯びてきたような顔つきなどを、平気で見すごすことはあるまいと思われた。帽子はかぶっていなかった。そのころ彼がかなり長く伸ばしていた灰色の髪が、こめかみのところで軽く渦を巻いて、半ば耳をかくしていた。

「それからまだ頼みがあるのだが」と、二人の腰かけていたベンチから立ちあがりながら私は言った、「お前はあさって発《た》つつもりだと言っていたっけね。この出発の日どりを延ばさないでおくれ。それから、まるひと月、家を明けるはずだったね。この旅程を一日も縮めないようにしておくれ。わかったね」

「よくわかりました。おっしゃるとおりにしましょう」

彼はひどく真っ青になって、唇の色まで変ったように見えた。だが私は、こんなにすぐ承知するようでは、彼の恋もさほど根強いものではあるまいと考え、ほっと安堵《あんど》の胸をなでおろした。それにまた、彼の従順さにも動かされた。

「もとの可愛い子供にかえってくれたね」と、私は優しく言って、彼を引き寄せながらその額に接吻《せっぷん》を与えた。軽く身をひく気配が見えたが、私はそれを気にしたくはなかった。

三月十日

なにぶん家が手狭なので、私たちは少しずつ重なり合って暮すような具合だった。私には二階に小部屋が一つ取ってあって、そこに閉じこもったり、客を通したりすることができるのだったが、それにしても家が狭いのは仕事のうえにかなり不都合だった。とりわけ家族の一人だけと話をしたいときなど、子供たちが「神聖な場所」とあだ名をつけて、はいることを禁じられている応接間式の一室を使うのでは、どうも仰々しく見えがちで都合が悪かった。けれどその朝は、ジャックは旅行靴を買いにヌーシャテルへ出かけたし、それにたいそういい天気だったので、朝食がすむと子供たちはジェルトリユードと連れだって、おもてへ出て行った。互いに案内したり、されたりするわけなのである。（シャルロットがことのほか彼女に親切なことを、ここに注記するのをうれしく思う）そんな次第で、お茶のときごく自然に、一家共同の居間でアメリーと二人きりになれた。彼女と話す機会を待ちかねていた私としては、これこそ望むところだった。妻と差し向いになるのはめったにないことなので、なんとなく気おくれがしたうえ、これから切りだそうという話の重大さを思うと、まるでそれがジャックのではなく自分の告白ででもあるかのように、いまさらどぎまぎするのだった。言いだせずにいるあいだ、私はまたこんなことも心に感じていた――結局は同じ生活を営んで愛し合っている二人の人間が、どれほどまで互いの意中を量りかねたり、互いの間に障壁を築いたりしているものか（あるいはそんなふうになりうるものか）。そうなったら最後、相手に話しかけたり相手から聞いたりする言葉は、ともに地質検査に使う錐《ドリル》を打つ音のように悲しげに響いて、互いに隔てる壁の抵抗を告げるにしかすぎず、うっかりするとその壁までがかえってますます厚くなりかねないのだ。

……

「ジャックが、ゆうべも今朝も私に話したことだがね」と、彼女がお茶をついでいるひまに私は口を切った。昨日のジャックの声がしっかりしていたのに引きかえ、私の声はふるえていた。――「あれはジェルトリュードを愛しているというのだよ」

「よく打ち明けてくれましたこと」と、さも当り前のことでも聞いたように、いや、むしろ何も聞きはしなかったように、彼女はお茶をいれる手を休めないで、振り向きもせずに言った。

「あれは結婚したいというのだ。あれの決心は……」

「そんなこと、言われないでもわかっていなければ」と、彼女は軽く肩をそびやかせてつぶやいた。

「じゃお前は、うすうす感づいていたとでも言うのかね？」と、私はやや語気を強めた。

「そうなるのは、ずっと前からわかっていたことですわ。でも、こうしたことは男の人には気のつかないことですわね」

ここで異議をはさんでみたところで何にもなるまいし、それに彼女の言い分にももっともなところがあるので、私はただこう言い返した。

「それならそうと、ひとこと言ってくれたらよかったのに」

彼女は唇のすみに、引きつったような微笑を見せた。わざと黙っているときには、彼女はこの手で自分を守るのである。そして、かしげた首をゆすぶりながら、

「あなたのお気づきにならないことを、いちいちこの私に言えとおっしゃるのならね！」

この当てこすりはどういう意味なのか。私にはわからなかったし、また知りたいとも思わなかった。そこで、やりすごして、

「要するに私は、お前がこれをどう思うかが聞きたいのだよ」

彼女はほっと溜息《ためいき》をして、それから、

「ご存じのとおり、わたしはあの子を家に置くことに、はじめから感心しませんでしたの」

彼女がいまさら過去のことを蒸し返すのを見ると、立てまいとしても腹が立った。

「ジェルトリュードを置く置かないの問題じゃない」と私は言いかけたが、アメリーはさっさと先を続けていた、――「どうせいいことはあるまいと、いつも思っていましたわ」

和解したい一心から、私はいきなりその言葉じりをつかまえて、

「じゃお前は、こんな結婚はいいことではないと考えるのだね。そうか、私もそれを

お前の口から聞きたかったのだよ。二人とも同じ意見だとはありがたい」それからなお、ジャックは私からよく道理を話してやったら、おとなしく聞き入れてくれた、だからもう心配するにはおよばない、例の旅行にも、まるひと月の予定であす発つことになったと言いそえた。

「あれが帰ってきて、またジェルトリュードと顔を合わせるようになることは、私もお前と同様のぞまないよ」と、とうとうしまいに私は言った、「だから、いっそあの子をM……嬢のところへ預けるにこしたことはないと思うのだが。あの人のところにいるのなら、私も引き続き目を掛けてやれるしね。というのも、あの子のことでは、この私に重々責任があると考えるからだよ。実はもうさっき、あの人にもお願いしてみたら、よろこんで引き受けてくださるとのことだった。そうなればお前も厄介な人間が一人いなくなるわけだし、今度はルイーズさんが代ってジェルトリュードの面倒を見てくださるのだ。あの人はこの話をたいそう喜んでおられたよ。もう今から、オルガンの稽古《けいこ》をしてやるのを楽しみにしておられるのさ」

アメリーは口をきくまいと腹をきめたらしい。私はつづけた。——

「ジャックがわれわれを差しおいて、あっちでジェルトリュードに会うようなことになっても困るから、M……嬢にも事情をお話ししておいたほうがいいと思うが、どんなものだろうね？」

　そう問いかけて、一言でもアメリーに口をきかせようと思ったのだ。ところが彼女は、何も言うまいと心に誓いでもしたように、堅く唇を結んでいた。そこで私は、もう別に何もつけ加えることがないというわけでもなかったが、それよりはむしろ彼女の沈黙に耐えきれなくなって、言葉をつづけた。

「それにジャックだって、旅から帰ってくるころには、恋のことなんか忘れているだろうよ。あの年ごろでは、自分が何を欲しているのかさえ、ろくにわかっていはすまいしね」

「さあねえ！　それはいくら年を取ったところでわかりはしますまいよ」と、彼女は妙に毒々しい調子で、やっと口を開いた。

　その思わせぶりな、よそよそしい言いまわしが、私をいらだたせた。私は明けっぱなしな性分で、そんな謎々《なぞなぞ》問答には、うまく調子が合わせていけないのである。そこで彼女のほうへ向きなおって、いったいそれはどういう意味なのか聞かせてくれと頼んだ。

「別になんでもありませんの」と彼女は、情けなそうに答えた、「ただ、あなたが今しがた、気のつかないことは言ってくれたらとおっしゃったのを、つい思い出しただけですわ」

「それで？」

「それで、それをいちいち申し上げるのも並みたいていなことじゃないと思いましたの」

前にも言ったように、私は謎々問答が大きらいで、あやふやな言いさしは主義として許せない。

「言っていることがわかってもらいたいのなら、もっとはっきり言ったらいいじゃないか」

そう言った私の語気は、少し荒すぎたかもしれない。私はすぐさま後悔した。彼女の唇がその瞬間、わなわなとふるえたのが見えたからである。彼女は顔をそむけ、やがて立ちあがると、まるでよろめくような不確かな足取りで、部屋の中を二あし三あし歩いた。

「だがね、アメリー」と私は呼びかけた、「何をまだくよくよしているのだね。もうすっかり元どおりになったじゃないか」

私と目を見かわすのが、さもつらそうな様子に見えたので、私は後ろ向きにテーブルに片肘《かたひじ》をついて、頭を片手にもたせながら言った。――

「今の私の言い方は激しすぎたよ。許しておくれ」

するると、歩み寄ってくる気配がして、やがて彼女の指が私の額にそっと置かれた。そして彼女は、涙にぬれた優しい声でこう言った。——

「お気の毒なかた！」

そう言いすてて、すぐ部屋を出て行った。

そのときは謎のように響いたアメリーの言葉も、その後間もなくはっきり思い当るときがあった。ここには最初に受け取ったままに記したまでのことである。その日にはただ、ジェルトリュードが家を出るべきときが来たと悟っただけだった。

三月十二日

私は毎日いくらかの時間を、ジェルトリュードのために割《さ》くのを義務にしていた。それが何時間もつづくか、ほんのわずかな間になるかは、その日の仕事の都合次第だった。アメリーと例の話をしたあくる日は、かなりひまだったし、それに天気のいいのにも誘われて、私はジェルトリュードを連れて森の向うのユラの山の端まで出かけて行った。よく晴れた日だと、そこからは木の間がくれに、目の下にひらける一望の野のかなたに、狭霧《さぎり》を帯にしたアルプスの真っ白な威容が望まれるのだった。いつもすわることにしている場所まで来たとき、日はもう左手へ傾きかけていた。短く刈られた草がいちめんに生えている牧場が足もとにひろがり、はるか向うには牛が何匹か草を食《は》んでいた。山中の放牧のならいで、みんな頸《くび》に鈴をつけている。

「あれを聞いていると、景色が見えてきますわ」と、鈴の音に耳を澄ませながら、ジェルトリュードは言うのだった。

散歩に出るといつもそうだが、彼女はそのときも、今いる場所の眺望をたずねた。

「だってさ」と私は言った、「ここはもうあんたの知っている場所なのだよ。アルプスの見える、あの森のはずれなのさ」

「きょうもよく見えまして？」

「ああ、すばらしくよく見えるよ」

「日によって、少しずつ違って見えるとおっしゃいましたわね」

「きょうは何にたとえたらいいだろうね。夏の真昼に喉《のど》がかわいてたまらないようだ、とでも言うかな。日の暮れないさきに、すっかり空へ溶けこんでしまうだろうよ」

「あたしたちの前にあるひろびろした牧場には、百合《ゆり》の花がありますの？」

「ないよ、ジェルトリュード。百合はこんな高い土地には生えないのだ。種類によっては、たまに生えるのもあるけれど」

「野百合っていうのも生えませんの？」

「野に百合はないよ」

「ヌーシャテルのあたりの野原にも？」

「野百合というものがないのだよ」

「じゃ、どうしてイエスさまは『野の百合を見よ』とおっしゃったのでしょう？」

「ああおっしゃったのをみると、そのころはきっとあったのだろうね。だが人間が栽培するようになると、野には見られなくなってしまったのだ」

「あなたはよく、この地上でいちばん大切なものは、信頼と愛だっておっしゃいましたっけね。人間にもう少し信頼の心がありさえすれば、野百合がまた見られるようになると、そうお思いになりません？　あたし、あのお言葉を聞くと、ほんとに野の百合が見えますのよ。どんなふうな花だか、言ってみましょうか——まあ言ってみれば、炎のような鈴なの。瑠璃《るり》色のとても大きな鈴が、愛の匂《にお》いでいっぱいになって、夕方の風にゆらゆらしていますの。どうしてここにはないなんておっしゃるのでしょう。あたしにはちゃんとあるのがわかるのに。牧場いちめん、野百合でいっぱいなのが見えるのに」

「あんたに見える以上にきれいではけっしてないよ」

「以下でもないとおっしゃってちょうだい」

「ああ、あんたに見えるとおりにきれいだとも」

「されど、われ汝《なんじ》らに告ぐ、栄華をきわめたるソロモンだに、その服装《よそおい》この花の一つにも及《し》かざりき」彼女はキリストの言葉を引いてこう言った。その美しい声を聞いていると、私はそれが初めて耳にする句のような気がした。「栄華をきわめたる」と、彼女は沈んだ様子で繰り返し、しばらくはなんにも言わなかった。そこで私はこう言った。

「ジェルトリュード、いつかも言ったことがあったろう？　目が見える者は、見ることを知らないのだよ」そして私は、胸の底からわきあがってくる祈りの声を聞いたのである。――「天地の主《しゅ》なる父よ、われ感謝す、これらのことを智《かしこ》きもの慧《さと》き者に隠して嬰児《みどりご》に顕《あら》わしたまえり」

「どんなにあたしが」と、急に浮き浮きと勢いこんで彼女は叫んだ、「どんなに私が、何もかもとても楽々と想像できるか、おわかりになって？　じゃ、あたしに見えるこの景色をお話ししてみましょうか。……あたしたちのすわっている後ろのほうにも、上のほうにも、まわりにも、脂《やに》の匂いのする大きな樅《もみ》の木があります。幹は石榴《ざくろ》色で、暗いほど葉の茂った長い枝が水平に伸び、風が来て曲げようとすると悲しい声をたてます。足もとには、山の書見台《しょけんだい》に立てかけて開いた本のように、緑の地面はいろんな斑《まだら》模様のついた牧場をひろげてあります。影のところは青くって、日向《ひなた》は金色に光っていますわ。そこにはっきり書いてあるのは、花の文字です。りんどう、おきな草、きんぽうげ、それからソロモンのあのきれいな百合の花。……牛が鈴を鳴らしながら、一つ一つ読んでいます。天使も読みに来ます。だって、人間には見えないとおっしゃるんですもの。木の下のほうには、もやもやと霧のたちのぼる大きな川が見えます。神秘な深い淵《ふち》を、すっかりおおいかくしてしまうほどのとても大きな川で、はるかずっと向うに、まぶしく光る美しいアルプスの山が、やっと向う岸になっているほどなの。……ジャックさんの行くのはあすこなのですね。あのかた、あすお発《た》ちになるって、本当ですの？」

「ああ、あす発つはずだよ。あれがそう言ったのかね？」

「いいえ、おっしゃりはしませんでした。でもわかりましたの。長いことお留守なの？」

「ひと月だよ。……ジェルトリュード、実はあんたにきこうと思っていたが……あれがあんたに会いに教会へ行ったことをなぜ私に言わなかったのだね？」

「あのかたは、二度会いにいらっしゃいました。かくすなんて、そんなつもりはありませんの。ただあたし、心配をおかけしまいと思って」

「黙っていては、かえって心配するじゃないか」

彼女は私の手をさぐった。

「あのかた、発つのが悲しい様子でしたわ」

「ねえ、ジェルトリュード……あれは、あんたが好きだと言ったかい？」

「いいえ、おっしゃいませんでした。でもそんなこと、言われなくてもちゃんとわかりますの。あのかたは、あなたほどに愛してはくださいません」

「で、ジェルトリュード、あんたはあれが発って行くのが悲しいかい？」

「あのかた、お発ちになったほうがいいと思いますわ。あたしには、とてもお報《むく》いができませんもの」

「いいや、あれが発って行くのが悲しいかと聞いているのだ」

「牧師さま、あたしの好きなのはあなただということは、よくご存じのくせに。……まあ、なぜ手をお引っ込めになるの？　あなたがもし奥さまのないかただったら、あたしこんなこと言いはしませんわ。だいいち、盲目の娘をお嫁にもらうかたなんかありませんものね。でも、どうしてあたしたち、お互いに愛し合ってはいけないのでしょう？　ねえ牧師さま、愛するっていうこと、悪いことだとお思いになって？」

「悪いことなんかちっともありはしないさ」

「あたし、自分の心のなかには、いいことしかないような気がしますの。ジャックさんに迷惑をおかけしたくありません。どなたにだって、迷惑をおかけしたくありません。……あたし、幸福しかお与えしたくないのですもの」

「ジャックはあんたと結婚しようと思っていたよ」

「あのかたがお発ちになる前に、一度お会いしてはいけませんこと？　あたしのことなんかあきらめてくださるように、よく申し上げてみたいの。ねえ牧師さま、あたしがどなたとも結婚できないことは、あなたにはおわかりですわね？　ほんとにお会いしてもいいでしょう？」

「じゃ、今晩にでもそうおし」

「いいえ、あすにしてくださいまし。お発ちになるまぎわに。……」

日は真紅《しんく》に燃えて沈もうとしていた。空気は暖かだった。私たちは立ちあがって、薄暗い道を話しながら家路についた。

第二の手帳

四月二十五日

しばらくこの手帳を打ち捨てておかなければならなかった。

ようやく雪が解け、道が通れるようになると、雪に閉じこめられて延び延びになっていた山ほどの村の仕事を、いちどきに片づけなければならなかった。きのうになってようやく、いくらか暇を見いだすことができた。

ゆうべ私は、これまで書いたところをすっかり読み返してみた。……

長いあいだ、われとわが心にさえ秘めてきたあの感情を、はっきりそうと名ざすことのできるきょうになって振り返ってみると、なぜ今の今までその正体を見違えてきたものか、なぜ前にも記したアメリーの言葉の節々が謎《なぞ》めいて見えたものか、なぜまたジェルトリュードが無邪気な告白をしてくれた後でさえ、はたして自分が彼女に恋しているかどうかを、なおもぐずぐずと疑い惑っていたものか、ほとんど了解に苦しむところである。それは、一つには、あのころの私が、結婚を外にした恋愛を認めようとしなかったためでもあり、また一つには、あれほど熱烈にジェルトリュードにひかされた感情のうちに、禁断のものの片影すらも認めようとしなかったことにもよるのである。

彼女の告白の無邪気さや率直さまでが、私を安心させていたのだ。私はこう考えていたのだ。——まだまだあれは子供なのだ。もし本当の恋なのだったら、恥ずかしげもなく顔を赤らめずに、とても言いだせたものではあるまいと。いっぽう私自身はどうかというと、自分の愛はただ不具の子に注ぐ愛にしかすぎないものと、強いて思いこんでいたのだ。彼女を病人としていたわり、それを教え導くことを、自分の道徳的負担とも義務とも見たのだ。そう、前に記したような話を彼女の口から聞いたあの夕暮れにさえ、私は心が軽々と浮き立つのを感じ、そんなふうにしてますます自分の気持を思い違えたのだ。現にあのときの言葉を書き写しながらでさえ、やっぱりそうだったのだ。……恋を罪悪と見、罪悪はすべて魂の重荷になるものと信じていた私は、自分の魂がおしひしがれないのを見て、それが恋とは思いも及ばなかったのである。

あの会話にしても、ありのままを記しただけではなくて、実はこうした気持で書き写していたのだ。これは昨夜読み返してみて、はじめて気がついたことなのだが。

……

ジャックが旅へ出て行ってしまうと、私たちの生活はふたたびもとの穏やかさに立ち返った。（ちなみに私は、ジェルトリュードにジャックと話す機会を与えてやったのだが、ジャックは休暇が終るまぎわにやっと帰ってきて、さも彼女を避けているような、あるいは私の前でしか彼女と話をしないような素振りを見せていた。——）さてジェルトリュードを、かねての打ち合せどおりルイーズ嬢の家へ移らせ、私は毎日こちらから会いに出かけることになった。しかし、まだ恋のことでびくついていた私は、感動的な話題はいっさい避けるようにしていた。私はもはや牧師として話をするだけで、それもたいていはルイーズ嬢を中にはさんでだったが、とりわけ彼女の宗教教育と聖体拝受の準備とに心を注いだ。こうして彼女は、この復活祭に聖体を受領したところである。

復活祭の日には、私も聖体を授かった。

それから十五日になる。意外だったのは、一週間の休暇を帰省していたジャックが、一緒に聖卓に列《つら》なってくれなかったことである。のみならずアメリーまでが、ここに記すのは実に心苦しいことだが、結婚以来はじめて、やはり参列を控えたのだった。この荘厳なつどいにわざと欠席して、私の喜びに暗い影を投げようと、二人はあらかじめしめしあわせていたらしい。その際も私は、ジェルトリュードが目の見えないおかげで、投げかけられた暗影の重さが私ひとりの肩にかかったことを、ひそかに喜んだものである。アメリーの性格を知りすぎるほど知っている私は、彼女がその行為に含ませる間接の非難を一つとして見のがすことはなかった。彼女はけっして公然と立ちむかってはこないけれど、一種の孤立によって自分の不同意を示そうとするのである。

私がつくづく悲しかったのは、この種の不服――実はそんなものがあると思うのさえいやらしいのだが、そんな不服のために、みすみすアメリーの心がゆがめられて、ついには崇高な神への勤めにすら目をそむけるまでになったことだった。私は帰宅すると、心からなる祈りを彼女のためにささげた。

ジャックの欠席は、それとはまったく別の動機にもとづくものだった。このことは、その後間もなく彼と話してみて、はじめて明らかになったのである。

五月三日

ジェルトリュードの宗教教育は、私に新たな目で福音書を読み返させることになった。それにつれてますます、われわれのキリスト教の信仰を形づくっている数多《あまた》の概念が、キリスト自身の言葉というよりはむしろ、聖パウロの釈義に負うところが多いように思われてくるのだった。

最近ジャックとした議論の主題は、つまりこれであった。いささかうるおいのとぼしい気質で、あの子の思想は心臓から十分の養分を摂取することがないため、いきおい伝統主義や教理神学に走るのである。あの子は、私がキリスト教の教義の中から、「自分の気に入るもの」だけ選びとる、といって非難する。けれど私は、キリストの言葉をあれこれと選びだてするのではなく、ただキリストと聖パウロとを並べた場合、キリストのほうを選びとるだけの話なのだ。この二人を対立関係に置くことを恐れるあの子は、二人を分離させることをこばみ、二人の間になんら啓示の相違を認めまいとする。そして私が、ここでは人間の声を聞いたかと思うと、かしこでは神の声を聞くような口吻《こうふん》を漏らす、といって抗議してくる。しかも、あの子が論ずれば論ずるだけ、私としては次の確信を強めざるをえないのだ。曰《いわ》く、彼はキリストの言葉の片鱗《へんりん》にさえ響き返っている類《たぐ》いない霊妙音を、とうてい感得しえないのだと。

私は福音書のどこをさがしても、戒命、威嚇《いかく》、禁制の類いは、一つとして見いだすことができない。すべてこれらは、ことごとく聖パウロに発している。そして、こうした文句をキリストの言葉に見いだしえないことこそ、ジャックにとっては悩みの種なのだ。彼のような魂の持ち主は、身近に後見人、欄干、あるいは柵《さく》がなくなったと感じるやいなや、万事休すと考えるものなのだ。そのうえ、自分が放棄している自由は、他人にまで許そうとはせず、せっかく人が愛によって与えようとしているものを、無理じいに得ようと望むのだ。

「でもお父さん」と、あの子は言った、「僕だって人々の幸福は望んでいますよ」

「いいや、お前は人々の忍従を望んでいるのだ」

「忍従の中にこそ幸福はあるのです」

つまらぬ論争をするのはいやだから、これには何も答えなかった。けれど私は、人々がかえって幸福の結果にしかすぎぬものによって幸福を得ようとし、みすみす幸福を危うくしていることをよく承知している。また仮に、愛に燃える魂はみずからすすんで忍従を楽しむものだとする考えが正しいとしても、愛のない忍従ほど幸福を遠ざけるものはないことも、私はよく承知している。

それはとにかく、ジャックは議論がじょうずである。まだ若いうちから教義に凝り固まっているところが、もし私の目に不仕合せと映らなかったなら、私はさだめしその見事な論証ぶりや揺るぎない論理に、感服したに相違ない。私のほうが彼より若いような気がすることもたびたびある。また、きょうの私がきのうの私より若いような気のすることもある。すると私は、次の言葉を心のなかで繰り返す。――「もし汝《なんじ》ら翻《ひるがえ》りて幼児《おさなご》のごとくならずば、天国に入るを得じ」

福音書の中に、至福の生活に至る方法を特に見ようとするのは、はたしてキリストを裏切り、福音書を冒瀆《ぼうとく》し、その価値を落しめることであろうか。喜悦《きえつ》の状態は、われわれの疑惑やわれわれの心の冷たさによって、常に障害を受けてはいるが、キリスト教徒にとって常に心がけなければならぬ状態である。人はみなそれぞれに多少とも悦《よろこ》びの能力をもつ。人はみな喜びへおもむかねばならぬ。ジェルトリュードのただ一つの微笑も、このことを私に悟らせる。それに比べれば、私が彼女に与える教訓などは物の数でもないのだ。

そして私の眼前に、燦然《さんぜん》としてキリストの言葉が立ちあがる。——「もし盲目《めしい》なりせば、罪なかりしならん」——罪、それは魂を暗闇《くらやみ》にし、その悦びにそむく。ジェルトリュードの全身全霊を貫いて輝きでる無上の幸福は、彼女が罪を知らぬところからきている。彼女のうちには、光明と愛があるばかりなのだ。

私は彼女の深く慎みある手に、四福音書、詩編、黙示録をわたした。またすでに彼女が福音書の中で、「われは世の光なり、われに従う者は暗き中を歩まず」と救世主が言われたのを聞いているわけだから、「神は光にして少しの暗き所なし」の句の読まれるヨハネの三つの書もわたした。パウロの書を与えることはさし控えている。まったく、盲目《めしい》の彼女が現に罪を知らぬものとすれば「戒命《いましめ》によりて罪さらに猛《たけ》しくなれり」（ロマ書第七章十三節）および、それにつづく一連の弁証を読ませて、その心を不安にしてみたところで、何の益があろう。よしんばそれが、どれほど見事なものであろうとも。

五月八日

医師マルタンが、きのうショー＝ド＝フォンから来てくれた。彼は長いことかかって、ジェルトリュードの目を検眼鏡でしらべた。彼はジェルトリュードのことを、ローザンヌの専門医ルー博士に話してあり、この検査の結果も同氏に報告することになっているのだと言っていた。二人とも、ジェルトリュードの目は手術の可能性があるという意見なのだ。しかしもっと確実性が加わらないかぎり、彼女には何も言わずにおくことに申し合せた。マルタンは協議の結果を知らせに来るはずである。すぐさま消さなければならぬかもしれない希望を、ジェルトリュードのうちに目ざめさせたところで何になろう？――それにまた、現在のままで幸福なのではないか？……

五月十日

復活祭になると、ジャックとジェルトリュードとは私の面前で再会した。——まあとにかく、ジャックはジェルトリュードにまた会って、話をしたのだが、あたりさわりのないことしか言わなかった。彼は私がひそかに危ぶんだほどの興奮は見せなかった。よしんば去年、彼が旅に出る前に、この恋はしょせんあきらめるほかはないとジェルトリュードから言い渡されたにせよ、彼の恋がもし本当に熱烈なものであったのなら、そうやすやすとさめはしなかっただろうと、私はあらためて胸をなでおろした。今ではジェルトリュードのことを、「あなた」と呼んでいるのにも気がついた。これも確かに結構なことである。別にそう呼べと言った覚えはないから、これは自分で悟ったわけだろう。そう思うとうれしい。あの子にもいいところがたくさんあることは、疑う余地もないのだ。

とはいえ、ジャックのこの忍従の裏には、さだめし内心の葛藤《かっとう》や、争闘があったことと思われる。そしてもし彼が、そのさい自分の心に加えた強制それ自体を、今やよいことと見ているのだとしたら、まさに困ったものと言わなければならない。というのは、彼はやがて、その強制が万人に加えられることを望むようになるだろうからである。このことは、上に記したつい最近の議論の節々にも感じられた。精神はよく感情に欺《あざむ》かれると言ったのは、ラ・ロシュフーコーではなかったか？　しかし私はジャックの気性を知っているし、議論を仕掛けてはかえって依怙地《いこじ》にならせるばかりとわかっているから、それをすぐ彼に注意しなかったことは言うまでもない。ところがその夜、しかもほかならぬ聖パウロのなかに（彼をまいらせるには、相手の武器を使うほかに手はなかった）、彼への返答にもってこいの文句を見つけたので、それを書いた紙片をわざわざ彼の部屋に置いてきた。曰く、「食わぬ者は食う者を審《さば》くべからず、神は彼を容《い》れたまえばなり」（ロマ書第十四章三節）

それに続く文句、「われいかなる物も自ら潔《きよ》からぬことなきを主イエスに在《あ》りて知り、かつ確《かた》く信ず。ただ潔からずと思う人にのみ潔からぬなり」も、ついでに写しておいてもよかったのだ。が、私がジェルトリュードのことで何かよこしまな見解をいだいているように、ジャックに思われる恐れがあったので、これはやめることにした。そんな考えが、彼の脳裏をかすめることさえあってはならぬのだ。明らかにこのくだりは食物のことに関している。けれど聖書の他の章句にしても、二重三重の意味にとれないものがはたしていくつあるだろう（「もし汝の眼……」、パンのふえた話、カナの婚礼の奇跡など。……）。今それをかれこれ論じようとは思わないが、この節の意味は、広くかつ深い。つまり、抑制は法によって強《し》いらるべきではなく、愛によるべきだと説き、そのすぐあとで聖パウロは、「もし食物によりて兄弟を憂《うれ》いしめば、汝は、愛によりて歩まざるなり」と叫んでいる。悪魔がつけ入るのは、愛の欠けたところをねらってである。主よ、愛に属せざるものすべてをわが心より除かせたまえ。……ジャックにいどみかけたのは私が悪かったのだ。あくる日、あの節を写しておいた例の紙片が、私の机のうえにのっていた。その裏にはジャックの筆跡で、同じ章から別の節が写してあるだけだった。──「キリストの代りて死にたまいし人を、汝の食物によりて亡《ほろ》ぼすな」（ロマ書第十四章十五節）

私はもう一度、その章をすっかり読み返してみた。それは際限もない議論の出発点である。この私が、ジェルトリュードの光の満ちる空を、こんな難問で悩まし、こんな黒雲で暗くしてよいものだろうか。──他人の幸福に害を加え、もしくはわれとわが幸福を危うくすることこそ、ただ一つの罪なのだと、彼女に教えかつそう思いこませておくほうが、私もいっそうキリストの身近にいることになり、また彼女をも主の身近にいさせることになるのではあるまいか？

悲しいことに、ある種の人間は、とりわけ幸福に反抗しつづける。彼らは無能力な、不器用な人々なのである。……私は気の毒なアメリーのことを考えているのだ。私は絶えず彼女を幸福へと誘《いざな》い、幸福へと押しやる。無理にでも引きずっていきたいとさえ思う。そう、私はだれでもかでも、神の御膝《みひざ》まで引き上げたいものと念ずる。しかし彼女は絶えず逃げかくれ、いくら日に当ててやっても咲かぬある種の花のように、中に閉じこもっている。目にするもののいっさいが彼女を不安にし、悩ませるのである。

「仕方がありませんわ」と、いつか彼女は答えた、「わたし、盲目に生れつきませんでしたもの」

ああ、この皮肉は私にとってどんなにか耐えがたいものだろう。そんなことを言われても平気でいるためには、いったいどんな徳をそなえていればいいのだろう！　とはいえ、いつかは彼女も、このようにジェルトリュードの不具に当てつけて物を言われるのが、私にとっては特につらいことなのだということを、悟る日があるに相違ない。とにかく、妻の言葉を聞いていてしみじみ思われるのは、ジェルトリュードのうちで何よりも私が感服するのは、限りない温良さなのだということである。彼女が他人のことで不平を言うのを、私はひと言だって聞いたことがない。もっとも私のほうでも、その心を傷つけるようなことはいっさい知らせないようにはしているが。

幸福な魂が、愛の放射によって幸福をその身のまわりに振りまくのと同様に、アメリーのまわりでは何もかもが暗く陰気になる。アミエルなら、彼女の魂は黒い光を放つとでも書くだろう。貧しい者や病人や悩める者たちを見舞って、戦いの一日を終り、時によると綿のように疲れて、心のなかで安息と愛情とぬくもりをしきりに求めながら、夜に入って家に帰ってみると、迎えるものはまずきまって、心配事とか口ごたえとか、仲たがいとかいった類いなのだ。それに比べれば、おもての寒気や風雨のほうが、どれほどましだかしれない。婆《ばあ》やのロザリーが何でも自分一存でやってしまうことは、私もよく知っている。だが、彼女がいつも間違っているとは言えないし、ましてやそれをたしなめるアメリーが、常に正しいとはとても言えまい。シャルロットとガスパールが、ひどく騒々しいことも私はよく知っている。だがアメリーも、あんなにのべつ幕なしにではなく、もう少し柔らかに叱《しか》るようにしたら、もっと利目《ききめ》がありはしまいか。あんなに小言や説教や剣突《けんつく》ばかり食っているのでは、子供のほうも磯《いそ》のさざれ石みたいに、さっぱり手ごたえがなくなってしまう。もっとも子供は私と違って、案外平気でいるらしい。赤ん坊のクロードに歯が生えかかっていることも、私はよく知っている（少なくも泣きだすたびごとに、母親はそのせいにする）。だが、泣きだすとすぐさま妻やサラが駆け寄って、ひっきりなしにあやすのでは、かえって泣けと誘いをかけるようなものではないか。その場に私がいないようなときは、時たま泣きたいだけ泣かせてみたら、泣く度数も減るにちがいないと思う。だが私がいないとなるとなおさら、彼女たちがちやほや甘やかすことも私はよく知っている。

サラは母親似だ。寄宿へ入れようと考えてみたのもそのためである。しかも情けないことに、ちょうどあの年ごろだった婚約時代の母親には少しも似ずに、所帯やつれで変りきった現在の彼女のほうに似ているのだ。なんなら、生活苦の修業と言ってもいい（確かにアメリーはその修業をしているのだから）。その昔、私の燃えるような求道心のあらわれを見るたびに微笑《ほほえ》んだ彼女、いっそ自分の生活にぴったり合体させてしまおうと私が夢みた彼女、みずから先に立って私を光明へと導くように見えた彼女――あの天使のような姿を、今の彼女に見いだそうとするのは、まさしく容易なわざではない。それとも、あのころ私は恋に目がくらんでいたのだろうか？……というのも、サラには世俗的な思案のほか、何ひとつ見られないからである。母親に見習って、くだらぬ気苦労にばかりうき身をやつしている。内部に燃える炎がないから、顔だちにまで精神的なところがなく、陰気でしかも鈍重だ。詩はもとよりのこと、読書の趣味なんぞまるでない。つい仲間入りしたくなるような話を、彼女が母親としているのに出会ったためしはまだ一度もない。彼女たちのそばにいると、書斎に引っこんでいるときよりもいっそう自分の孤独が苦しくなる。そんなわけで、だんだん私は書斎に閉じこもりがちになった。

また、秋になってからは日暮れの早いのをいいことにして、巡回の都合がつき次第、というのは早く切り上げられたときという意味だが、M……嬢のところへ寄ってお茶をいただく習慣がついた。つい書きもらしたが、去年の十一月このかた、M……嬢はジェルトリュードのほかに、盲目の小さな娘を三人も預かっていた。それはマルタンが預かってもらいたいと申し入れた娘たちで、今度はジェルトリュードが先生になって、読み方やいろんな手細工などを教えていたのだ。娘たちはもうかなりじょうずになっていた。

この「お屋敷」のぬくぬくした雰囲気《ふんいき》の中へ立ち戻ってゆくたびに、私はどんなに深い休息や慰安を感じたことだろう。たまに二、三日も行けずにいるときは、どんなに物足りなく思ったことだろう。もちろんM……嬢は、ジェルトリュードと三人の小さな寄宿生を泊めるようになっても、その世話に苦労したり迷惑したりすることのない身分だった。三人の女中がとても忠実に手助けをして、彼女には少しの骨折りもかけないのだ。だがいったい、財産と閑暇とがこれほど立派な手柄を立てたことが、これまでにはたしてあっただろうか。M……嬢はこれまでもずっと、貧しい人々の面倒を見てきた人である。非常に宗教心の深い婦人で、ただこの世のために身をささげ、ただ愛するためにのみ生きているような人だ。レースの帽子から透いて見える髪は、もうほとんど銀白になっているが、その微笑のあどけなさ、その物腰のなだらかさ、その声の音楽的なめでたさは、なんにたとえようもない。その身ぶりや話しぶりはもとより、声の抑揚ばかりか、物の考え方や、その人となりの全体に息吹《いぶ》いている一種の抑揚までが、いつの間にかジェルトリュードにうつってしまった。よく似ていると二人をからかってみるが、二人ともそんなことはないと言って、いっかな承知しない。少し長居をしてもいいときなどは、ジェルトリュードが小母《おば》さんの肩へ額を寄せたり、片手を小母さんの手のなかに預けたりしながら、仲よく二人で並んですわって、私の読むラマルチーヌやユゴーの詩の幾節かに聞き入る姿をながめるのは、なんという楽しみだろう。二人の澄みきった魂のなかに、その詩の反映を静かに見まもるのは、なんという楽しさだろう。小さな生徒たちまでが、これに感応せずにはいない。平和と愛の雰囲気に包まれているおかげで、この子供たちは不思議なほどの発達ぶりを示して、その進歩の跡もいちじるしい。ルイーズさんが、保健と娯楽を兼ねて子供たちにダンスを教えようと言いだしたときには、私はただ微笑で答えたものである。ところが今では、彼女たちの運動にあらわれてきた律動的な雅致をすっかり感心してながめている。だがそれにしても、可哀《かわい》そうな彼女たちは、自分の目で鑑賞することができないのだ。もっともルイーズさんが力説するところによると、よしんば目で運動が見られないにしても、彼女たちには筋肉的にその諧調を知覚できるという話である。ジェルトリュードもこのダンスに加わるのだが、その踊る姿は実に風情《ふぜい》がある。うっとりするような風情がある。それに彼女自身も、楽しくってたまらないらしいのである。時によると、ルイーズさんが子供たちの仲間入りをして、ジェルトリュードがピアノに向うこともある。彼女の音楽の上達は驚くばかりで、今では日曜ごとに礼拝堂のオルガンを受けもち、ほんのちょっとした即興で、賛美歌の合唱に前奏曲を付けるまでになった。

彼女は日曜ごとに、私の家へ朝食をしにやってくる。うちの子供たちは、ますます彼女と趣味がかけ違っていくばかりだが、それでも彼女に会うたびに大喜びだ。アメリーもあまり神経質ではなくなって、食事は無事にすむ。それから、みんなでジェルトリュードを「お屋敷」まで送って行って、おやつをいただくことになる。子供好きのルイーズさんが、甘やかし放題に甘やかしてお菓子をどっさり出すものだから、この日は子供たちの祭日である。いくらアメリーにしても、親切にされればやっぱりうれしいので、しまいには晴れやかな顔になって、すっかり若返ったように見えてくる。無味乾燥なその日その日を送る彼女にとって、このひとときの気分転換は、今後なくてはすまぬものになるにちがいない。

五月十八日

今ようやくうららかな天気が立ち戻ってきたので、私は久しぶりでまたジェルトリュードを連れて、散歩に出ることができた。（最近また何べんか雪が降って、そこらの道はついこの二、三日前まで実にひどい有様だったのだ）彼女と二人きりになれたのも、これまた久しぶりのことである。

私たちは足早に歩いて行った。かなり強い風が彼女の頬を色づかせ、ひっきりなしにブロンドの髪をその顔にまつわらせるのだった。泥炭坑に沿った道を歩いているとき、私は花の咲いた灯心草を数本つみとって、その茎を彼女のベレー帽の下へさしこみ、落ちないように髪の毛で編んでやった。

思いがけず二人きりになれたので、私たちは妙に感動してしまい、まだろくろく口もきかずにいたのだが、ふとジェルトリュードが目の見えぬ顔を振り向けて、突然こう問いかけた。――

「ジャックさん、まだあたしのことを思ってらっしゃるかしら？」

「あれは思い切る決心をしたよ」と、私はすぐさま答えた。

「でも、あなたがあたしを愛してらっしゃること、あのかたご存じかしら?」と、彼女はまた言った。

前に記した去年の夏の会話からこっち、もう半年あまりになるが、そのあいだ私たちは(われながら大変意外だが)愛という言葉を互いに口にせずにきた。ついぞ二人きりになる機会がなかったことは、今も言ったとおりだが、そのほうがかえってましだったのだ。今そんなふうにジェルトリュードに問いかけられてみると、私は胸の動《どう》悸《き》がたかまって、われわれの歩度をゆるめなければならなかった。

「だってジェルトリュード、私があんたを愛していることは、だれだって知っていることじゃないか」と私は叫んだ。しかし彼女はその手にはのらなかった。——

「いいえ違うの。あたしが伺っているのは、そんなことじゃないの」

そしてちょっと黙っていたが、やがてうなだれて言いついだ。——

「アメリー小母さまはちゃんとご存じなのです。鬱《ふさ》いでいらっしゃるのもそのためなのです、あたし知っていますわ」

「あれは、そうでなくっても鬱ぐのさ」と、私はあやふやな口調で打ち消した、「鬱ぐのはあれの性分なのだよ」

「まあ、あなたは、あたしを安心させようとばかりなさるのね」と、彼女は何かしらいらだたしげな調子で言った、「あたし別に、安心させていただきたくはないんですの。ちゃんとわかっていますわ、あたしに言わずにかくしてらっしゃることが、たくさんあることぐらい。あたしに心配させまい、気をもませまいってね。……あたし、知らないことがあんまりたくさんあるものだから、つい時々……」

彼女の声はだんだん低くなり、やがて息ぎれがしたように彼女は立ちどまった。その言葉じりを引きとって私が、

「時々、どうなの？……」と聞くと、

「つい時々」と彼女は悲しそうに言いついだ、「あなたが授けてくださる幸福は、何から何まであたしの無知の上に築かれているような気がしますの」

「だって、ジェルトリュード……」

「いいえ、あたしに言わせて。——あたし、そんな幸福なら欲しくありません。あたし……あたし別に幸福でいたくはありません。それよりも、あたしは知りたいのです。いろんなことが、それもいやなことが、どっさりあるにちがいありませんわ。それがあたしに見えないからといって、教えないでおおきになる法はありませんわ。あたし、この冬じゅう、ずっと考え通したの。するとこの世の中が、あなたのおっしゃるほどきれいずくめなものでもないらしいと、そんな気がしてきましたの。ねえ牧師さま、

それどころか、がらりと違ったものじゃあるまいかと」

「人間がしばしば、この地上を醜くしてきたことは事実だよ」と、私は恐る恐る断定しかけた。実をいうと、あっと言う間もない彼女の考えの発展ぶりに恐れをなして、もうとてもだめとは知りながらも、その鋒先《ほこさき》をわきへそらそうと試みたのだ。彼女はこの数語を待ち構えていたらしく、鎖を閉じる最後の輪にでも飛びつくような勢いで、「そのことですわ」と叫んだ、「あたしは、その災いを助長するような自分ではないことも、はっきり確かめたいのです」

長いこと私たちは、無言のまま、ひどく足早に歩きつづけた。私が口に出せそうなことは、あいにくみんな、すでに彼女が考えていることばかりのような気がした。私たち二人ともの運命がかかっているある一句を、うっかり誘いだしては大変だと、私は気が気でなかった。私は、彼女の視力はおそらく回復させることができるだろうと、マルタンが言ったのを思いうかべ、名状すべからざる苦悶《くもん》に胸をしめつけられた。

「あたし、伺いたいことがありますの」と、とうとう彼女が口を切った、「でも、どう言ったらいいかしら……」

てっきり彼女は、満身の勇を鼓していた。聞くほうの私にしても同じく一生懸命だった。ところが彼女を悩ましていた疑問が、次のようなものであろうとは。――

「盲目の産む子は、かならず盲目に生れつくものですの？」

この会話のやりとりが、二人のうちのどっちにとって、より苦痛だったかは知らないが、こうなってはもう、先を続けるほかはなかった。

「いいや、ジェルトリュード」と私は言った、「それはね、ごく特殊の場合に限ったことだよ。だいいち、そうなる理由なんか、全然ありはしないのさ」

彼女はとても安心したらしかった。どうしてそんなことを聞くのと、今度はこちらから尋ねてみたかったが、さすがにその勇気は出ず、ぎごちない言葉をつづけた。


——


「だがね、ジェルトリュード、子供を持つには、まず結婚しなければいけないのだよ」

「そんなことおっしゃってもだめ、牧師さま。本当でないことぐらい、知っていますもの」

「私はあんたの耳にふさわしいことを言ったのだよ」と、私は言い返した、「しかし実際は、人間や神の法則が禁じていることを、自然の法則は許しているのだ」

「神の法則はすなわち愛の法則だって、あなたはよく話してくださいましたわね」

「ここで言う愛は、別の名を慈悲とも呼ぶあれとは違うのだ」

「あなたはその慈悲で、あたしを愛してくださるの？」

「そうでないことは知っているじゃないか、ジェルトリュード」

「では、私たちお互いの愛は、神の法則にはずれているとおっしゃるのですの？」

「というと？」

「まあ、よくご存じのくせに。そんなこと、あたしの口からはとても言えませんわ」

なんとか言いくるめようとしてみたがだめだった。総くずれになった私の論法の退却を告げる太鼓の音のように、私の心臓は激しく鳴っていた。われを忘れて私は叫んだ。——

「ジェルトリュード。……お前は自分の愛を罪だと思うのかい？」

彼女はそれを言いなおした。——

「いいえ、私たちお互いの愛を……。あたし、そう考えるのが本当だと思います」

「それで？……」

思わず哀願の調子が私の声にこもった。いっぽう彼女は、息もつがずに言い切った。

——

「でもやっぱりあたし、あなたのことは思い切れまいと思うの」

これはみんな、きのうあったことだ。はじめは筆にするのがためらわれた。……どんなふうに散歩が終りを告げたものやら、さっぱり覚えがない。二人はまるで逃げだすようなあわただしい足どりで歩いた。私は彼女の腕を、ぎゅっと小脇《こわき》にかかえこんでいた。私は魂が抜けたようになっていて、道に石ころが一つあっても、一人一緒にころんでしまいそうだった。

五月十九日

今朝《けさ》またマルタンがやって来た。ジェルトリュードの手術は可能だ。ルーはそれを断言して、しばらく身柄を預かりたいと申し出ている。私はそれに反対はできない。が意気地なくも、ちょっと考えさせてくれと言ってしまった。静かにあの子の心がまえをさせてくれと言ったのだ。……私の心は喜びに踊るはずではないか。ところが私の心はなんとも言えない苦悶をはらんで、重たく私のうちにのしかかる。視力を回復できるのだとジェルトリュードに告げなければならぬ――それを思うと気力も張りもなくなってしまう。

ジェルトリュードに会ったが、私は彼女に何も言わなかった。今晩「お屋敷」の客間にはだれもいなかったので、私は彼女の部屋まであがって行った。二人きりだった。私は長いこと彼女を抱きしめていた。彼女はこばむような動作はいっさいしなかった。彼女が額を私のほうへもたげたとき、私たちの唇はぴたりと合わさった。……

五月十九日　深夜

五月二十一日

主よ、夜というものを、これほど深くこれほど美しいものにお仕立てになったのは、わたくしたちのためなのでしょうか。それとも、わたくしのためなのでしょうか。空気は暖かく、開けはなしたわたくしの窓には月の光がさし入って、わたくしは大空にひろがる無量の静寂に聞き入っております。ああ、御手《みて》になる天地の万象を、押しなべてほめたたえようにもその術《すべ》は知られず、わたくしの心は言葉もなくただうっとりと、そのなかに融《と》け入るばかりです。もはやわたくしは、無我夢中で祈るほかはありません。愛のどこかに限界があるとすれば、神よ、それはあなたのせいではなく、人間のせいなのです。わたくしの愛が、よしんば人間の目には罪障とうつろうとも、ああ主よ、せめてあなたの目にとっては聖なるものだとおっしゃってください。

わたくしは、罪という観念をこえようと努めております。けれどやはり、罪はわたくしにとって忍びがたいものに思われ、またわたくしは、キリストを見捨てる気にはなれません。いいえジェルトリュードを愛するからといって、罪を犯してもよいなどと思うのではありません。この愛をわたくしの心臓から引き抜くことは、わたくしの自身の心臓を引き抜かずにはできません。なぜでしょうか？　もはや彼女を愛さないとなったら、わたくしは今度は慈悲の情で彼女を愛することになりましょう。もはやジェルトリュードを愛さないということは、あれを裏切ることになります。あれにはわたくしの愛が入り用なのです。……

主よ、わたくしはもう何もわかりません。……あなたのことしかわかりません。わたくしをお導きください。時々闇《やみ》の底に沈むような思いがいたします。ジェルトリュードの目があくというのに、わたくしは目がつぶれる思いです。

きのうジェルトリュードはローザンヌの病院に入院した。二十日たたないと退院できない。彼女の帰りを待つ私の心は、はげしい危懼《きく》の念でいっぱいだ。マルタンが連れて帰るはずである。それまで会いに行かないことを、彼女は私に約束させた。

五月二十二日

マルタンの手紙に、「手術は成功した」と。神はほむべきかな！

五月二十四日

今まで私の姿を見ずに愛してくれた彼女に、この姿をさらさねばならぬ――それを思うと、身も世もあらぬ思いがする。これが私だと、わかってくれるだろうか。生れてはじめて、わたしは恐る恐る鏡をのぞく。もしも彼女のまなざしに、その心が示していたほどの寛容と愛情が見えないと感じたら、この私はいったいどうなることだろう？　主よ、時々わたくしは、あなたを愛するためにも彼女の愛がいるのだと、そんな気さえするのです。

五月二十七日

仕事が急に忙しくなったおかげで、この数日はあんまりいらいらせずに過すことができた。われを忘れさせてくれるような仕事なら、何によらずありがたいと思う。けれど日がな一日、何をしていても、彼女の面影は私につきまとうのだ。

彼女が帰ってくるのはいよいよあすだ。この一週間のあいだ、アメリーは上機嫌なところばかり私に見せて、いない人のことを私に忘れさせようと心がけていたらしいが、いまでは子供たちと一緒になって、退院祝いの支度をしている。

五月二十八日

ガスパールとシャルロットは、森や牧場で見つかるかぎりの花を摘んできた。婆《ばあ》やのローズはお祝いの飾り菓子をこしらえている。サラがそれを何やら金紙で飾り立てている。こうして、この正午に着くはずの彼女をわれわれは待っているのだ。

待つ間のつれづれにこれを書いている。今は十一時。私はひっきりなしに頭を上げて、マルタンの馬車がやってくるはずの道のほうを見やる。迎えに行くことは差し控えた。アメリーの手前も、私の応対に区別をつけぬほうがいいだろう。胸がおどる。

……ああ！　やって来た！

なんという忌《いま》わしい闇に私は落ちてゆくことだ！　憫《あわ》れみたまえ、主よ、憫れみたまえ！　わたくしは彼女のことは思い切ります。ただ、主よ、彼女が死ぬことはお許しくださいますな！

二十八日　夕刻

やっぱり私の不安が当った！　なんということを彼女はしたのだ？　何をしようとしたのだ？　アメリーとサラの話では、彼女を「お屋敷」の門まで送って行くと、そこにM……嬢が待っておられたという。してみれば、後でまたわざわざ外へ出たのだ。……いったいこれは何事だろう？

自分の考えに、もう少しまとまりをつけたい。みんなの話を聞いていると、さっぱり要領を得ないか、でなければ矛盾だらけだ。おかげで頭の中がごちゃごちゃになってしまった。……まずM……嬢の庭男が、人事不省の彼女を「お屋敷」へ連れ戻した。その男の話では、彼女が小川のほとりを歩いているのを見かけたという。それから庭の橋を渡って、かがみこんだかと思うと、姿が見えなくなったという。まさか川へ落ちたとは知らないから、駆けつけるべきところを駆けつけなかった。庭男が見つけたときには、小さな水門のそばまで流されていた。それから間もなく私が行ってみたときには、彼女はまだ意識を回復していなかった。いや、またもや意識を失っていた。というのは、応急手当のかいがあって、ほんのしばらく回復していたからである。幸いマルタンはまだ帰らずにいたが、彼女がおちいったような昏睡《こんすい》と無痛の症状は、どうも合点がゆかぬと首をひねっていた。彼はしきりに彼女に問いただしたが、これはむだだった。どうやら彼女は何も聞えないか、それとも口を開くまいと決心したか、そのどちらかであるらしい。呼吸がひどく逼迫《ひっぱく》したままなので、マルタンは肺充血を気づかっている。彼は芥子《からし》泥《でい》と吸角《すいふくべ》を当てて、またあす来るといって帰って行った。息を吹き返させるほうにばかり気を取られて、いつまでもぐしょぬれの着物のままにしておいたのが間違いのもとなのだ。あの川の水はひどく冷たい。M……嬢は、ほんの二言三言にせよ、とにかく彼女に口をきかせることのできた唯一《ゆいいつ》の人だったのだが、その説によると、ジェルトリュードはあの川のこちら側にどっさり生えている瑠璃草《るりそう》を摘もうと思ったが、まだ距離の目測に不慣れなためか、あるいは川の面《も》に浮いている花毛氈《もうせん》を堅い地面と思い誤ったのか、不意に足を踏みはずしたのだそうだ。……ああ、それが信じられたら！　これが単なる不慮の災難と思いこむことができたら、私の魂にのしかかっている恐ろしい重石《おもし》は、どんなにか軽くなることだろう！　きょうの昼食は実ににぎやかだったが、そのあいだじゅう彼女の顔にただよいつづけた不思議な微笑が、私は気がかりでならなかった。それはわざとらしい微笑で、今までついぞ彼女が見せたことのないものだったが、私はそれを彼女の新たなまなざしのせいだと思いこもうと努力した。それはまた、涙のように両眼から顔へながれる微笑でもあった。これに対して、ほかの連中の俗っぽいはしゃぎぶりは、私の反感をそそった。彼女はそんな騒ぎには加わらなかった。彼女はある秘密を見破ったらしい様子にも見えたが、もし私と二人きりだったら、きっと打ち明けてくれたに相違ない。彼女はほとんど口をきかずにいた。もっとも人前ではことに話がはずむようなときには、もともと沈黙がちの彼女だったから、だれひとりあやしむ者はなかった。

主よ、お願いです、ひと言あれと話をさせてください。わたくしはぜひとも真相を知らなければなりません。さもないと、このうえどうして生きていかれましょう。……だがしかし、もし彼女がみずから生命を絶とうとしたのだとしたら、それはまさしく知ったがためなのだろうか。知ったとは何を？　可愛いジェルトリュード、お前はいったいどんな恐ろしいものを見たというのだ？　そもそもこの私が、お前の命にかかわるような何物を、そんな目につきやすい場所に隠しておいたというのだ？

私は二時間あまりも彼女の枕《まくら》もとにすわったまま、その額や、青ざめた頬や、名状すべからざる悲哀のうえにぴったり閉ざされた花びらのような目蓋《まぶた》や、まだぬれて藻《も》のように枕のうえにひろがっている髪を、つくづく見まもっていた。耳には、早くなったり遅くなったりする苦しそうな呼吸を聞きながら。

五月二十九日

今朝「お屋敷」へ出かけようとしていると、ちょうどそこへルイーズさんから迎えが来た。まずもって穏やかな一夜が明けると、ジェルトリュードはようやく昏睡状態を脱した。部屋へはいった私を見て彼女はにっこり微笑《ほほえ》みかけ、枕もとに来てすわるように目顔で知らせた。私はものを問いかける勇気はなかったが、彼女のほうでも何か聞かれるのを好まぬらしく、あらかじめ真情の吐露を防ぎとめでもするように、いきなりこう言った。――

「ねえ、あたしがあの川べりで摘もうと思った小さな青い花、あれは何といいますの――ええ、あの空色をした花よ。あなたはあたしよりもおじょうずでしょうから、あれで花束をこしらえてくださいませんこと？　あたし、このベッドのそばに置きたいの……」

さも快活そうにとりつくろった声の調子が、私にはつらかった。彼女もそれに気がついたと見え、もっと真面目な調子になってつけ加えた。

「今朝はお話ができませんの。あたし、とても疲れていますから。あの花を摘んできてくださいませんこと？　間もなく帰っていらしてね」

一時間たって瑠璃草の花束をかかえて帰ってみると、またすやすや眠っているから、夕方までは会わないほうがよかろうとルイーズさんが言った。

夕方になって彼女に会った。ベッドの上に積み重ねたクッションにもたれて、ほとんどすわるようにしていた。髪はもうきれいにまとめられて、額のうえに編んであり、それには私の摘んだ瑠璃草もあしらってあった。

確かに熱があるらしく、息がとても苦しそうだった。私の差しだした手をその燃えるような両手で包んで、いつまでも離さなかった。私は彼女のそばに立ったままだった。

「あたし、あなたに告白しなければならないことがありますの、ねえ牧師さま。だって今晩、なんだか死にそうで心配ですから……」と彼女は言った、「今朝は嘘《うそ》をつきましたの。花を摘もうとしたのじゃなかったの。……死ぬつもりだったと申し上げたら、ゆるしてくださる？」

彼女のかぼそい手を私の両手で包んだまま、私はベッドのそばにひざまずいた。けれど彼女は手を振りほどいて、私の額をなでさすりはじめたが、いっぽう私は顔を敷布にうずめて、泣き顔を見せまい、嗚咽《おえつ》を聞かせまいと懸命だった。

「あたしのしたこと、とても悪いことだとお思いになって？」そのとき彼女は優しくいたわるように言ったが、私が何とも答えないので、つづけて、

「ねえ、牧師さま、あなたもよくご存じでしょう。あたし、あなたのお心や生活のなかで、あんまり場所を取りすぎていますの。おそばに帰ってきて、とたんに気がついたのがこれでしたの。まあともかくも、あたしが平気ですわっていた場所は、ほかの女《ひと》の場所なのでしたし、しかもそのひとは、そのため心をいためておいでなのでした。あたしの落度は、それにもっと早く気がつかなかったことです。というより、実はあたし、とうからちゃんとそれに気がついていたくせに、やっぱりあなたが愛してくださるままになっていたのです。ところが、いきなりあのひとの顔が目の前にあらわれて、あのやつれたお顔にたたまれたなんともいえない悲しみの色を見たとき、それもみんなあたしのせいなのだと思って、あたしもうたまらなくなってしまいました。……いいえ、いいえ、あなたが悪いのじゃけっしてありません。ただ、このままお別

れさせてくださいね。そしてあのひとに、喜びを返してあげてくださいね」

私の額を静かになでていた手が、そのとき止った。私はその手をとって、接吻《せっぷん》と涙とでおおった。けれど彼女は、もどかしそうにそれを振りほどいて、こんどは別の悶《もだ》えに息をはずませはじめた。

「あたし、そんなこと言いたかったのじゃありません。いいえ、そんなことじゃありません」と繰り返した。見るとその額には、汗がじっとりとにじんでいる。それから彼女は目蓋をおろして、考えをまとめようとしてか、それとも、もとの盲目の状態に返ってみようとしてか、しばらく目をつぶったままでいた。やがて彼女は話しだした。はじめは張りのない気落ちのしたような声だったが、やがて目をあけるとともに調子が高くなって、しまいには激しい熱気をさえ帯びてきた。——

「あなたのおかげで視力が与えられたとき、目のまえに開けた世界は、あたしが想像していたより、ずっと美しいものでした。ほんとに、日の光がこうも明るく、風がこうもきららかで、空がこうもひろびろしていようとは、夢にも思っていませんでした。けれどもまた、人間の額がこうまで憂《うれ》いをたたんでいようとも、けっして想像していませんでした。で、お宅にあがったとき、いちばん先にあたしの目についたものが何だったか、おわかりになって？……ああ、やっぱり思いきって申し上げなくてはならないわ。そのとき、まずあたしが見たのは、あたしたち二人のあやまちでした、二人で犯した罪でした。いいえ、反対なさらないでください。それより、キリストのめのお言葉を思い出してくださいまし——『もし盲目《めしい》なりせば、罪なかりしならん』。ところが今では、あたし目が見えるのです。……牧師さま、お立ちになって、あたしのそばにお掛けなさいまし。なんにもおっしゃらずに、聞いていてくださいね。あたし病院にいる間に、ついぞあなたが読んでくださらなかったので、今まで知らずにいた聖書のなかのいくつかの章句を、読みましたの。というより、読んでもらいましたの。忘れもしません、あの聖パウロの一節などは、一日じゅう胸に繰り返し繰り返ししたものですわ、——『われかつて律法《おきて》なくして生きたれど、戒命《いましめ》きたりし時に罪は生き、我は死にたり』」

彼女はひどく興奮して、とても高い声で語るのだったが、この最後の文句などは、ほとんど叫ぶような調子だったので、部屋の外まで聞えはしまいかと私は気が気でなかった。それから彼女はまた目をつぶって、まるでひとりごとのように、最後の文句をもう一ぺん繰り返した。

『罪は生き——我は死にたり』

私は身ぶるいが出た。ある種の恐怖で心が凍る思いがした。彼女の考えをほかへそらそうと思った。

「そんな節をだれが読んでくれたの？」と私はきいた。

「ジャックさんです」——彼女はまた目をあいて、じっと私を見つめながら言った、

「あのかたが改宗なすったこと、ご存じですの？」

あまりのことに、もう黙ってくれと懇願しようとしたが、彼女は早くも先を続けていた。——

「牧師さま、こんなことを申し上げると、ひどくあなたをお苦しめすることになるにきまっていますけれど、あたしたちの間には一つだって嘘いつわりがあってはなりませんわ。ジャックさんを一目見たとき、あたしはたちまち、自分がお慕いしていたのはあなたじゃなくて、あのかただったことを悟りました。あのかたは、あなたにそっくりの顔をしてらしたのです。というのは、つまり、あたしが胸に描いていたあなたのお顔に、そっくりだったのです。……ああ、なぜあなたは、あのかたのことをあたしにお断わらせになったの？　あたし、あのかたと結婚ができたのに……」

「それは、ジェルトリュード、今でもできるはずだ」と、私は必死に叫び返した。

「あのかたは教団におはいりになるのです」——彼女は激しく言い捨てた。それから、はげしい嗚咽に身をふるわせながら、「ああ、いっそあのかたに告白してしまいたい

……」と、われを忘れたていで呻《うめ》くように言って、「ね、そうでしょう、こうなったらもう、あたし死ぬほかはありません。ああ喉《のど》がかわいた。どうぞだれか呼んでください。息が苦しい。一人きりにしてくださいさい。ああ、こうしてすっかりお話ししたら、少しは気が安まるかと思ったのに！　もうあちらへいらして。お別れしましょう。このうえお顔を見てはいられません」

私は彼女を残して出た。そしてM……嬢を呼んで、代りに付きそっていてくれるように頼んだ。あまり興奮がひどいので、気がかりでならなかったが、私がそばにいたのではますますそれが募るばかりだと、強《し》いて自分を説き伏せなければならなかった。容態が変ったら知らせに来てくれるように頼んで帰った。

五月三十日

ああ！　私はもう、眠っている彼女にしか再会できなかったのだ。うわ言と虚脱状態がつづいた一夜ののち、彼女が死んだのは今朝の明け方だった。ジェルトリュードの最後の願いで、M……嬢がジャックに電報を打ったが、彼が着いたのは息を引き取ってから数時間のちだった。まだ間に合ううちになぜ司祭を呼ばなかったのかと、彼は血相かえて私に詰め寄った。だがしかし、これはてっきり彼にせきたてられてのことに相違ないが、ローザンヌ滞在中にジェルトリュードが新教を捨てていようなどとは露知らぬ私に、どうしてそんなことができたろう。彼はそのとき一息に、自身の改宗もジェルトリュードのそれも、私に告げ知らせた。こうしてこの二人の人間は、いちどきに私から去っていったのだ。生きている間は私に仲を裂かれたので、二人は私の手をのがれて、神において合体をはかったのかもしれない。だがジャックの改宗には、愛よりも理論のほうが勝《まさ》っているように私は考えざるをえない。「お父さん」と彼は言った、「僕にはお父さんを責める資格はありません。けれど僕は、あなたの躓《つまず》きをいましめとして、この道に導かれたのです」

ジャックが発《た》って行ったあとで、私はアメリーのそばにひざまずいて、私のために祈ってくれと頼んだ。私には助力が必要だったからである。彼女は「われらが父よ……」の句を唱えただけだったが、一節ごとに長い沈黙をおいて、その間を私たちの切なる願いが満たすのであった。

私は泣きたかった。けれど私は、自分の心が砂漠よりもひからびているのを感じていた。

ジッドの生涯と作品

新庄嘉章

少年時代　アンドレ・ジッド André Gide は一八六九年十一月二十二日にパリで生れた。父はパリ大学の法学部教授。ジッド十一歳の時父が死んだので、教育はもっぱら母や、伯母や、かつて母の家庭教師であったアンナ・シャクルトンなどの女手によって行われた。八歳でアルザス学院に入学したが、病的な臆病《おくびょう》や感情の昏迷《こんめい》のために頭脳の働きが鈍く、成績は常に不良であった。またその頃から自瀆《じとく》の悪癖があった。それに加えて生来病弱であったために幾度か退学し、学業の習得は不規則であった。

しかし、少年ジッドの暗い精神に光が全然なかったわけではない。動植物に対する愛情は、幼い魂にとっては極めて自然な現象であるが、自伝的作品『一粒の麦もし死なずば』に描かれてある少年ジッドのそれは、異常なまでに強かった。これは、その後ジッドの心の中に大きく発展する、美しいもの、弱いものに対する共感の萌芽《ほうが》とみて差支《さしつか》えないであろう。感受性の強い少年にありがちな神経障害が少年ジッドの心身の正常な成育に大きな妨げとなったことは事実だし、また家庭の厳格な清教徒的な雰《ふん》囲気《いき》が、美しいものや自然なものに向おうとする心に少なからぬ掣肘《せいちゆう》を加えたことも否《いな》めない。だが、要するに、少年ジッドの魂は長い蛹虫《ようちゆう》状態にあったのである。

　この蛹虫状態は、二つ年上の従姉《いとこ》マドレーヌ・ロンドーに対する清純な愛情によって、その殻から脱け出るにいたった。従姉が自分の母の不義を知って深い悲しみと絶望におちいった時、少年ジッドは子供心に、彼女を守ることこそ自分の義務であると感じた。この強い衝撃が、少年の暗い精神に一条の光を射し入れたのである（『一粒の麦もし死なずば』や『日記』では、マドレーヌはエマニュエルとなっている）。

　こうして、少年ジッドはおもむろに蛹虫状態を脱し、十五、六歳になると読書欲も旺盛《おうせい》になってきた。父の書斎は父の死後鍵《かぎ》をかけられていたが、ようやく母に許されて、そこに出入りできるようになった。だが母は、少年が好きな本を選びとるのは許したが、自分の前で大声に読むことを要求した。少年ジッドが最初に選んだのはテォフィル・ゴーチエの詩集だった。当時ゴーチエは慣習的なものに対する軽蔑《けいべつ》、解放などを代表した詩人のように一般に考えられていた。彼がこれを選んだことには、母への挑戦もあったが、自分自身への挑戦もあったのだ。この自分自身への挑戦はのちにの『法王庁の抜穴』のラフカディオや『贋金《にせがね》つかい』のベルナールなどにも現われている。

ジッドの精神に非常に大きな影響を与えたギリシャの詩人を発見したのもこの頃であった。彼はルコント・ド・リールによってギリシャの詩を知ったが、その頃マドレーヌもホメーロスの『イーリアス』やギリシャ悲劇を読んでいた。このことは少年ジッドのギリシャ礼讃《らいさん》にさらに拍車をかけることになった。奇妙なことに、ジッドがこうした異教的熱情に燃えたのは、ちょうど彼のキリスト教準備時代の最中においてであった。この二つの相反するものが、たがいに邪魔することなしに両立していたことは、実に不思議である。当時のジッドはけっして生ぬるい洗礼志望者ではなく、むしろ狂熱的な求道者だったのである。

青春の危機　一八九一年、二十二歳のジッドは、従姉マドレーヌに対する恋愛を中軸として、精神的不安や懊悩《おうのう》などを断片的に日記風に書いた『アンドレ・ワルテルの手記』を発表した。これは、抒情《じょじょう》的な美しさはあるにしても、小説的構成の全然ない、おそろしく不器用な作品だったので、少数の具眼者に辛うじて認められたにすぎなかった。この作品の失敗と、マドレーヌからの求婚拒絶という二重の打撃を受けて、彼は深い絶望におちいった。

また、この頃ジッドは、彼の一生で一番混沌《こんとん》とした時期にはいっていた。これまでは、子供の頃から自分にきびしく課していた清教徒的な克己主義が彼の魂の平静を保っていた。ところが青春の目覚めとともに、それが逆になってきた。肉体の純潔を保とうとすることが、想像の奔放自在を誘発して、かえって魂を不潔にすることになった。神に従うことが、魂の均衡を破って、不安を自分に与えることになった。ここに彼は乾坤一擲《けんこんいってき》の試みをしなければならなくなった。すなわちキリスト教との訣別《けつべつ》である。

一八九三年十月、ジッドは友人の画家ポール＝アルベール・ローランスとともにアフリカのアルジェリアに向って出発した。彼はこの旅行において、過去のあまりにも病的な不安、浪漫主義などをすてて、均衡と充実と健康とを求めようとしたのである。いわゆる古典主義に対する最初の憧憬《しょうけい》だったのである。だが、この憧憬と過去のキリスト教的理想とは相容《あいい》れないものであった。出発にあたって、ジッドは故意に荷物の中に聖書を入れなかった。これまで一日として聖書を手ばなしたことのない彼にとっては、これは重大な決意を要することであった。

この旅行の途中、ジッドは肺を病み、一冬をビスクラで過した。そして春がオアシスに蘇《よみがえ》ってくるとともに、彼の健康も恢復《かいふく》してきた。彼は一度死の影から脱け出して、真実の生を生きはじめてきたように感じた。そして蘇生《そせい》の喜びを胸にひめてパリに帰ってきたが、パリの文壇は息苦しかった。かつては憧憬の対象であったサロンも、今は死のにおいにみちているように感じられた。人々が、彼の心のうちで行われた変化に気づかずに、相変らず観念的な議論をつづけていることに、彼の自尊心はおそらく傷つけられたにちがいなかった。彼は自分の変化を語りたくてむずむずしていた。だが誰もきこうとしてはくれなかった。彼らが満足しているものの貧弱な惨《みじ》めさに対する彼の憐憫《れんびん》は憤《いきどお》りと変った。もしもこの苦悩を『パリュード』の中に諷《ふう》刺《し》的に描く逃げ道がなかったら、彼自身も告白している通り、自殺に導かれたかもわからない。

ジッドはこうしたパリを一刻も早く脱け出たいと思い、同じ年（一八九四年）の秋、スイスのヌーシャテルにのがれ、さらに冬になると、ジュラ山中の一寒村ラ・ブレヴィーヌにこもった。だが、樅《もみ》の木が自然全体にカルヴァン風な陰鬱《いんうつ》さと峻厳《しゆんげん》さとを与えているこの森林地帯に、彼は恐怖をおぼえ、さらに憎悪《ぞうお》をおぼえるようにさえなった。そうした彼の心におのずと湧《わ》き起ってくるものは、アフリカの灼熱《しやくねつ》の太陽に対するノスタルジーであった。彼は憤りをこめて、毎日、醜い自然を踏みにじりながら長い散歩をした。そしてその散歩をしない時には、『パリュード』を書きあげるために仕事机にかじりついていた。それというのは、これを書きあげたら、何はさておいてもアルジェリアにふたたび旅立つのだと、かたく心に決めていたからである。そして翌一八九五年一月、ふたたびアルジェリアに向った。

従姉との結婚　ジッドは一八九五年五月に母を失った。彼の母は非常に厳格な女性で、ジッドは母のそばにいると息苦しさをおぼえるほどであったが、母の死はやはり大きな衝撃であった。彼はその心の空虚をマドレーヌとの結婚で埋めたいと思った。

一八九一年、マドレーヌは彼の求婚を拒絶したが、これには三つの理由が考えられる。まず第一に、ジッドの母は、幼い頃から姉弟《きょうだい》のような愛情で結ばれている二人の結婚にははっきり反対していたので、従順なマドレーヌは何よりもその意志を尊重したものにちがいない。第二に、自分の母の不義によって深く心を傷つけられていた彼女は、結婚生活に極度の恐れと不信を抱《いだ》いていたにちがいない。第三に、極端なまでに謙遜《けんそん》深い彼女は、自分は従弟《いとこ》の思っているような理想的な女性ではない、従弟は実際のものとは違ったイメージを抱いて、幻に恋しているのではないか、と心ひそかに恐れていたのにちがいない。

だが、そうしたマドレーヌも、ジッドの必死な求婚には心を動かさずにはいられなかった。そこでその年の十月に、ノルマンディのエトルタで結婚式をあげ、アルジェリアへ新婚旅行の途にのぼったのである。

しかし二人の結婚生活はけっして幸福なものではなかった。この秘密は、彼の死後一九五一年に公刊された『今や彼女は汝《なんじ》の中にあり』（邦訳名『秘められた日記』）の中にくわしく述べられている。ジッドは生来異常な性欲の所有者で、同性愛的な趣味を持っていたが、さらに、結婚当時は性欲に対して極端に無知で、マドレーヌのような清純な女性には肉体的な欲望はないと思いこみ、彼女の肉体を所有しなかった。そして彼女のほうでは、夫の欲望の欠如を、自分の魅力の不足のせいにして、人前から身を引く生来の傾向をさらに深めていった。こうして、この不自然な出発はふたたびやり直されることなく、この間には、マルク・アレグレとの同性愛事件などもあって、夫婦は心から愛し合いながらも、その結婚はいわゆる「白い結婚《マリアージュ・ブラン》」に終始し、ジッド夫人は処女妻としてこの世を送ったのである。

なお、このマドレーヌはジッドの生涯《しょうがい》に大きな位置を占めていた。例えば『アンドレ・ワルテルの手記』のエマニュエル、『背徳者』のマルスリーヌ、『狭き門』のアリサに彼女がその濃い影を落しているのは周知の事実で、彼女はジッドのすべての文学的創造の源泉であったと言っても過言ではあるまい。

文壇における位置　ジッドは第一回のアルジェリア旅行の経験をもとにして、生命の頌歌《しょうか》ともいうべき一種の散文詩『地の糧《かて》』と、生命の解放の悲劇『背徳者』を書いた。『背徳者』は、蘇った自分の生命を享楽《きょうらく》するために愛妻の生命まで犠牲にする物語で、これは彼の試みた最初の本格的な物語作品である。この作品によって文壇の一角に席を占めはしたものの、彼の存在はまだけっして大きなものではなかった。この作品が正当に評価されるまでには、まだ十年の歳月を待たねばならなかった。彼は元来多作濫作《らんさく》する作家ではなかった。一つの作品を仕上げると、次の作品が生れるまでには、相当長い期間の麻痺《まひ》状態がつづいた。実際、『背徳者』を書きあげたのち、『狭き門』が脱稿するまでには、七年の歳月が経過している。清教徒的な克己主義の悲劇であるこの作品は、一九〇九年に、彼が顧問格となって、ジャック・コポーやジャン・シュランベルジェなどとともに創刊した「ヌーヴェル・ルヴュ・フランセーズ」(通称「N《エヌ》・R《エル》・F《エフ》」)の復刊第一号より第三号にわたって掲載され、好評を博した。

この雑誌は別に新しい特定の主義主張をかかげたものではなく、各自の内的完成によって芸術のモラルを打ち立てようという誠実さを持っていて、当時の商業主義に毒されていた文壇に新風を吹きこんだ。そしてこの雑誌を中心として、彼の周囲には、アラン=フルニエ、ロジェ・マルタン・デュ・ガール、ヴァレリー・ラルボー、ジュール・ロマン、ジャック・リヴィエール等の若い有望な人々が集まった。

こうして、孤独であった彼の周囲はようやく賑《にぎ》やかになったが、その反面、かつての僚友であった幾人かがカトリック教に改宗して離れていった。まず第一にフランシス・ジャムが改宗を宣言し、「きみの忌《いま》わしいニーチェ主義をすてたまえ」としばしば勧告した。しかし、ジャムの勧告はけっして高圧的なものではなかったが、ここに強引に改宗を強制する友がいた。それはポール・クローデルであった。だが、ジッドは頑《がん》としてそれをきき入れなかった。そして一九一四年に『法王庁の抜穴』が「N・R・F」に発表されるに及んで、二人の離反は決定的なものとなった。ジッドはこの皮肉の利《き》いた茶番《ソチ》の中で、動機のない無償の行為を敢行する自由人ラフカディオを創造する一方、迷妄《めいもう》愚昧《ぐまい》にみたされた宗教界を揶揄《やゆ》した。カトリック教にこりかたまったクローデルがどんなに憤慨したかは想像にかたくない。

第一次世界大戦中の四カ年間は、ジッドは文学的作品には手を染めず、ひたすら日記を書き綴《つづ》っていた。そして、しばらくすてていた福音書を取り出して、これに読み耽《ふけ》った。その折々のキリストに対する呼びかけや、自分の心に語りかける独白を整理したものが『汝もまた……?』である。こうした福音書への沈潜は、彼の改宗を熱望する人々にひそかな期待を抱かせたが、彼はついに改宗しなかった。「わたしはカトリック教徒でも新教徒でもない。ただ単にキリスト教徒だ」と言って、福音書の自由解釈に専念した。一九一九年に発表された『田園交響楽』は、この『汝もまた……?』の中で行われた彼の内心の対話の劇化であると言えよう。

社会問題への開眼　一九二五年、ジッドは自分のただ一つの小説と称して、いわゆる純粋小説をめざした実験的作品『贋金つかい』を書きあげると、マルク・アレグレとともにコンゴ旅行の途にのぼった。彼はこの旅行において、これまで予期していなかったものを発見した。それは貪婪苛酷《どんらんかこく》なフランス植民政策の犠牲となっている哀れな土人の悲惨な状態であった。これは間もなく彼の心をとらえ、ついにこの旅行の主要な関心事となった。この折の旅行記『コンゴ紀行』はひろく世論を巻きおこし、議会の問題とまでなった。この旅行は彼にとっては大きな転機だった。以後彼の目は大きく社会問題に開かれていった。だがこれは、彼の精神の変化ではない。実はこれは彼の精神の必然的な進展だったのである。虚偽や不正に対する憎悪、圧迫されているものに対する愛、真実追求の欲求、これは終始変らぬ彼の精神の態度である。

一九二九年にジッドはふたたび文芸作品を発表した。それは『女の学校』である。これは翌一九三〇年に発表された『ロベール』および一九三六年に発表された『ジュヌヴィエーヴ』（『未完の告白』）とともに三部作をなすものである。これは偽善を批判し、誠実を追求した、いかにもジッドのものらしい作品であるが、第三部が未完で終ったことでもわかるように、この時期の彼はやはり社会問題に強く心をひかれていたのである。

共産主義への共感と批判　その後ジッドの思想は次第に左傾して、一九三二年には共産主義への転向を宣言して、世を驚かせた。この転向は一見唐突のようであるが、当時の人々が言ったような「改宗」ではなかった。彼の転向は大体二つの面からみることができる。第一は、個人主義的モラルの必然的な進展であり、第二は、現在のキリスト教に対する反撥《はんぱつ》である。「真に理解された個人主義は共同体に奉仕すべきである」と言って、彼は社会的個人が自由に生きうる世界を共産主義社会に求めた。また、共産主義は結局キリスト教のキリストに対する離反から生じたものであり、もしキリスト教がキリストの精神を全的に生かしていたならば、共産主義の存在理由はなかったであろう、と彼はみたのである。

こうした彼が現実のソ連を目のあたり《ま》にみる機会が訪れた。一九三六年六月、ゴーリキーの病篤《あつ》しの報に接して、彼は急遽《きゅうきょ》飛行機でモスクワに向ったが、ゴーリキーは彼の到着した翌日永眠した。その葬儀ののち、彼はソ連の各種の社会施設や文化施設を見学してまわった。そのうち彼の心の中に、強い共感とともに、批判の気持が動いてきた。彼はソ連を愛すればこそその若干の欠陥を摘発しなければならないと思った。中でも、文化鎖国主義、新しい官僚主義、画一主義は、彼を反撥させずにはおかなかった。人間主義の上に立つモラリストである彼の思考は、ソ連の現実的な政治主義と鋭く対立したのである。彼の『ソヴェト旅行記』は好意ある忠言者の立場から書かれたものではあったが、その潔癖性がソ連を強く刺激して、「プラウダ」紙その他から一斉にジッド攻撃の矢が放たれた。フランスにおいても同然であった。

晩年　晩年のジッドの生活はけっして静かな平和にみたされたものではなかった。一九三八年四月、彼は愛妻マドレーヌを失った。この衝撃は大きかった。マルク・アレグレとの同性愛問題、友人の画家の娘エリザベート・ヴァン・リセルベルグとの肉体関係など、ジッド夫妻の間には数々の葛藤《かっとう》があったにせよ、心から愛し合っていた二人だったので、ジッドは限りない哀惜と深い孤独に苦しんだ。

妻の死の打撃からやっと立ち直ったと思う間もなく、翌一九三九年第二次世界大戦が勃発《ぼっぱつ》し、翌年パリが陥落した。一九四四年にパリは解放されたが、彼がパリの旧居に落ちついたのは一九四五年のことで、その間、南仏や北アフリカのテュニス、アルジェなどを転々としていて、心のやすまるいとまもなかった。

一九四七年十一月、スウェーデンのアカデミーは、ジッドに同年度のノーベル文学賞を授与する旨《むね》を発表した。選定理由には、「ジッド氏は広範囲な、かつ芸術的にも貴重なその著作において、人間性の諸問題と諸状態とを、恐れを知らぬ真理愛と心理学的鋭さとを以て提示した」と述べられてある。

こうした栄光に包まれた老ジッドも、その後健康すぐれず、宿痾《しゅくあ》の肺結核をスイスや南仏やイタリアで静かに養っていたが、一九五一年二月十九日、八十二歳の長い生涯を閉じた。そして二十二日、ジャン・シュランベルジェ、ロジェ・マルタン・デュ・ガールなどの旧友、村人などの手で、愛妻マドレーヌの眠っているノルマンディのキュヴェルヴィルの小さな墓地に葬《ほうむ》られた。

ジッドに対する評価　ジッドの作品はそれぞれ、彼が人間性の自由を探し求めて彷《ほう》徨《こう》したその巡礼の途上に打ち立てられた道標である。従ってそこには、完成したものはみられない。しかし、それは単なる未完成ではない。時代とともに悩み、時代とともに成長した発展途上の未完成である。ジッドは常に動いていった。そして、常に成長するものの味方であった。固定した、発展のない完成の敵であった。そうしたジッドの態度を最もよく言いあらわしていると思われるトーマス・マンの言葉をあげておこう。「ジッドは小説の分野における大胆な実験者であった。彼は正しいと信じたことを宣言した。彼は純粋なモラリストであった。短見な道学者は彼に非難を投げかけたけれども、彼は精神の好奇心の極点を持ちつづけていった。彼の場合におけるような高度の好奇心は、懐疑主義となり、この懐疑主義はさらに創造力と変ってくる。彼はこの好奇心を、彼の好きな先人ゲーテとともに分け持っていた。彼はゲーテのように、絶え間ない衝動によって動かされ、探求の方に絶えず押しやられていた。魂の平穏無事や逃避は、彼のとらないところだった。不安、創造的な懐疑、無限の真理探求が、彼の領分だった。そしてこの真理の方へ、英知と芸術とによって与えられたあらゆる方法を以て、進もうと努力したのだった」

実際、二十世紀の大作家で、ジッドほど評価のまちまちな人も少ない。一方では「現代の良心」として尊敬されながらも、他方では「危険な背徳者」として攻撃されている。しかし、彼に対する正しい評価が定着するまでには、なおしばらくの時が必要であろう。いずれにせよ、ジッドが人間性の自由を追い求めた偉大な個人主義者として二十世紀に残した足跡はけっして小さなものではなかった、と言うことはできるであろう。

（一九七四年二月、フランス文学者）

『田園交響楽』について

若林　真

一九六四年五月二十日、私は友人の車に同乗して、夕暮の気配のしのびよるなかを、スイスのヌーシャテルから山間の狭隘《きょうあい》な道をフランスの国境に向けて急いだ。山道をのぼりつめたあたりで急に視界が大きく開けてきた。黄色い小さな花模様をちりばめた緑のじゅうたんのような、なだらかなスロープが両側にひろがり、その向うに、白壁に赤茶色の屋根瓦《がわら》をのせた人家が黒い樅《もみ》の木の間に点在し、日暮の陽光を受けてまるで金粉をまぶしたように見える緑の牧場がどこまでもひろがり、あちらに一軒、こちらに一軒と農家らしい家が遠くにかすんで見え、牛があちこちでのんびりと草を食《は》み、見はるかす彼方《かなた》の尾根の上には雲がふんわりとうかんでいる。帰途を急ぐふたりの東洋人のせわしない挙動をいぶかるように、野良帰りの男が馬車の上から身を乗り出して、猜疑心《さいぎしん》と好奇心をないまぜにした視線を投げかけながら通り過ぎていく。そこが、北スイス・ジュラ山地、標高一〇四〇メートルのラ・ブレヴィーヌ村、つまり

『田園交響楽』の舞台だった。

ラ・ブレヴィーヌは、『パリュード』（一八九五年）と『田園交響楽』La Symphonie pastorale（一九一九年）のふたつの作品によってアンドレ・ジッド André Gide（一八六九年—一九五一年）にゆかりの地である。一八九四年の冬、療養のためにこの地に冬ごもりしたジッドは、排他的な住民の悪意に耐えながら『パリュード』を書きあげたのだが、その前年にはすでに『田園交響楽』の主題の構想が胚胎《はいたい》していたことを考えあわせると、ジッドが作品展開の舞台としてこの山間の小村を選ぶつもりになったのもまた、一八九四年の冬であると推定できなくもない。しかし『田園交響楽』が今日われわれが読みうるテキストの形をとるまでには、さまざまな紆余《うよ》曲折があったのである。一九一〇年ごろには、『盲人』という表題がジッドの頭にうかんでおり、作品の主題は、聖パウロもカルヴァンも排してキリストの教えにじかに触れようとするときに起きる精神のドラマということだったらしい。ともあれ作品が決定的な形をとるためには一九一八年まで待たなければならなかった。一九一〇年から一八年までの八年間といえば、ジッドの波瀾《はらん》万丈の生涯《しょうがい》のうちでももっとも苦渋にみちた時期のひとつであったといえるだろう。まず第一に信仰上の危機、第二にマルク・アレグレという美青年との出会いが引起した夫婦間の危機である。しかも外では第一次大戦の嵐《あらし》が吹きまくっていた。大戦中のジッドはフランス・ベルギー館で難民救済事業に従事するかたわら、いわゆる創作には手をそめずにひたすら福音書に没頭して動揺する精神の支柱を求めていた。すでに愛弟子《まなでし》ジャック・リヴィエールはカトリックに改宗していたし、かつてジッド擁護の側に立ち、クローデル攻撃に一役買っていた友人アンリ・ゲオンまでが戦場からカトリックに決定的に回心した旨《むね》を手紙で伝えてきて、そのうえジッド自身の回心さえせまるのだった。ジッドの手はいくたびかカトリック教会の門に触れようとするが、そのたびに何かが彼をひきとめる。「われかつて律法なくして生きたれど、戒命《いましめ》きたりし時に罪は生き、我は死にたり」――聖パウロのこの一句が、カトリック教会の入口に立ちはだかりジッドの入信をさまたげたのである。律法としての宗教が自由人ジッドにはどうにもがまんならなかったのだろう。恩寵《おんちよう》の前に律法があったことを認めるならば、その律法以前に清浄無垢《むく》の状態があったことをどうして認めていけないわけがあろう。「われかつて律法なくして生きたれど」という一句が、聖パウロの意志いかんにかかわらず、ジッドの精神にひとつの恐ろしい意味をもって輝き、みちあふれてくる。いっさいを幼児のような清浄無垢《むく》の気持で眺《なが》め自由闊達《かつたつ》にふるまうこと。そもそもキリスト自身の言葉のなかには、戒命、威嚇《いかく》、禁制の類《たぐ》いはひとつとしてないのだから、それらはすべて聖パウロに帰すべきものである。

ジッドの足はカトリック教会の敷居をまたぐことができない。律法の宗教を斥《しりぞ》けて自由な愛の宗教をこそ説かなければならぬ。その間のジッドの精神のドラマは、一九一六年から一九一九年にかけて書かれた日記の断片『汝《なんじ》もまた……？』のなかにつまびらかであり、『田園交響楽』はこのモチーフの小説的転置にほかならない。こうして牧師とその息子ジャックとの対立のドラマは準備されるのだが、それにもうひとつのモチーフが重ね合わされて作品の肉付けが行われたのであった。もうひとつのモチーフ――それは、美青年マルク・アレグレ（のちに著名な映画作家になる）へのジッドの同性愛、それに感づいた妻マドレーヌとのいざこざである。マルク・アレグレは、ジッドの別荘のあったノルマンディ地方・キュヴェルヴィルで家族ぐるみの親しい交際をしていたエリー・アレグレ牧師の四男であるが、たちまちジッドはこの才知あふれる美青年に異常な執着を示すようになり、その教育に全身全霊を傾けるにいたったのだった。ジッドは『日記』のなかでマルク青年をこんなふうに描いている。

「ミシェル（マルクのこと）はまだ自分自身についてはほとんど何も知らない年ごろだった。彼の欲望はやっと目ざめたばかりで、まだ現実に照し合されたものではなかった。……（中略）……ミシェルの魂は、ファブリス（ジッド自身のこと）に美しい風景をくりひろげて見せた。だが彼には、それはまだ朝の霧にとざされているように思わ

れた。この霧を散らすには、初恋の光線が必要だった」（一九一七年八月九日の日記）

さらにジッドはこんな手放しの讃嘆の言葉さえ書きつらねている。

「この少年は驚くほど美しいときがあった。まるで恩寵に包まれているようだった。シニョレなら《神々の花粉》に蔽《おお》われていると言っただろう。彼の顔から、また皮膚ぜんたいから、黄金色の一種の輝きが発散していた。その首、胸、顔、手、つまり全身の肌は、どこも同じように温かで、金色に輝いていた。……（中略）……その眼《まな》ざしのものうさ、やさしさ、肉感的な魅力はなんとも形容しようがなかった。ファブリスはそれに見惚《みほ》れながら、長いこと、時間、場所、善悪、たしなみなどを忘れ、われを忘れていた。芸術作品でこれほど美しいものを表現した作品があっただろうかと疑いたくなるほどだった」（同年八月二十一日の日記）

これらの文章から肉感的な表現をとり除けば、そっくりそのまま牧師の日記に書きとめられたジェルトリュードの面影になる。そして牧師の愚行を嘆く妻のアメリーは、夫アンドレ・ジッドとマルク・アレグレとの関係に心痛し、怒り、絶望したマドレーヌ夫人のある一面を伝えていることはいうまでもあるまい。自分や息子たちにしてくれなかったことを、ジェルトリュードにはしてやるといって愚痴を言うアメリーの言葉の裏には、二十年の長きに渡って処女妻のままに放っておかれたマドレーヌ夫人の恨みが透けて見えるようである。

こうして作家の実人生から素材を与えられて、『田園交響楽』は一九一八年二月に書きはじめられ、同年十月に完成し、翌一九一九年に発表されたのだった。作品の主題は以上でほぼおわかりと思うが、当初予定されていた『盲人』という題名は主題にとっていかにも象徴的ではないか。ジェルトリュードは盲人である、牧師は良心の命ずるままに妻の迷惑もかえりみずこの少女を引きとり、無私の愛をもって献身的に娘の精神的開眼に努力している。無私の愛、神の御心《みこころ》にかなった愛と彼は信じこんでいるが、はたしてほんとうだろうか？　それならなぜ息子のジャックがジェルトリュードを愛し、彼女との結婚の意志を固めていることを知ったとき、牧師はああまでに逆上しなければならなかったのだろう。ジェルトリュードに対する牧師の聖職者としての愛は、いつしか男性の女性への愛に変質していたのである。だが彼は自分の心の奥底にあるものに気づかない、あるいは気づきたくない。しかし妻のアメリーの醒《さ》めた目には夫の狂態がはっきりと映じていたのだ。ある意味で牧師もまた盲人だった、ジェルトリュードが肉体的な盲人だとすれば、牧師は精神的な盲人といえよう。盲人が盲人をみちびいたらどういうことになるか。「盲人もし盲人を手引きせば、二人とも穴に落ちん」本書の第一の手帳は、盲人が盲人を穴のすぐそばまでみちびいていく過程であり、「もし盲目なりせば罪なかりしならん」という聖句が語るところの無知の幸福によって奏《かな》でられている牧歌である。やがて盲人も開眼しなければならぬときがくるだろう。ジェルトリュードの開眼手術は成功するだろうし、牧師は自分の心のなかに倫《みち》ならぬ恋の痕跡《こんせき》を認めざるをえなくなるだろう。ふたりが「穴」に落っこちる時期はさし迫っている。第一の手帳がゆるやかなテンポで無垢なる愛（無知なる愛といってもこの場合は同じことだが）の物語をくりひろげていくのに対して、第二の手帳はおそろしく急テンポで残酷な覚醒《かくせい》の過程を記録して、ふたりを「穴」へ、破局へとあわただしくみちびいていく。ジェルトリュードは自殺をくわだて、「罪は生き——我は死にたり」という恐ろしい一句と格闘しながら死んでいかなければならない。己れの信仰の挫折《ざせつ》に直面した牧師の心は、「砂漠よりもひからびている」。

ところで作者ジッドは、父と息子の対立、つまり、自由な愛による宗教と律法による宗教との対立、プロテスタンティスムとカトリシスムの対立において、けっきょく後者に軍配をあげたのであろうか？　一見そうとも見えるが、それならなぜ、ジャックの手にみちびかれてカトリック教に回心したはずのジェルトリュードが、カトリックにとっての最大の罪行のひとつである自殺を敢行したのだろう？　回心による罪の意識の芽生えがなかったら、あるいはジェルトリュードも死なずにすんだかもしれない。彼女をみちびいたジャックの手もまた、自らそれとは知らぬ盲人の手だったのではあるまいか？ 依然として問題は残る。われわれは作者から最終的な解答を期待してもしょせんむだだろう。解答は読者各人がそれぞれの内心の独白のなかに見つけ出すべきものであり、読者の心にそういう独白を誘発することこそ作者ジッドの意図だったのだから。

（一九六六年六月、フランス文学者）

年譜

一八六九年（明治二年）十一月二十二日、パリのメディシス街一九番地に生れる。父のポール・ジッドは南仏ユゼスの生れで、パリ大学法学部教授。母のジュリエット・ロンドーは北仏ルーアンの生れ。

一八七七年（明治十年）八歳　アルザス学院に入学。内気な頭脳の働きの鈍い生徒で成績は不良。麻疹《はしか》のため退学し、ノルマンディのラ・ロック＝ベニャールの別荘で保養。動植物や音楽に興味をもつ。

一八七九年（明治十二年）十歳　アルザス学院に復学。数名の生徒とともにヴデル先生の家に寄宿。

一八八〇年（明治十三年）十一歳　十月二十八日、父を失う。病気のためまたもや退学。転地療養する。

一八八二年（明治十五年）十三歳　十二月末、伯母マチルドの不義と従姉《いとこ》マドレーヌの苦悩を知り、はげしい衝撃をうける。

一八八三年（明治十六年）十四歳　アンリ・ボーエル（『一粒の麦もし死なずば』のリシャール先生）の家に半寄宿。このころから日記をつけはじめる。

一八八四年（明治十七年）十五歳　アルザス学院に再入学したが、三カ月後ふたたび退学。ゴーチエ、ハイネ、ギリシャ古詩などを読む。また聖書を耽読《たんどく》。マドレーヌに思慕の念をいだきはじめる。

一八八七年（明治二十年）十八歳　アルザス学院の修辞学級に入学。このころから文学的才能があらわれる。ゲーテを読みはじめる。

一八八八年（明治二十一年）十九歳　アンリ四世校に転校。スピノザ、ライプニッツ、デカルト、ニーチェ等の哲学書を読みふける。アンリ四世校退学。独学で大学入学資格試験の準備をはじめる。

一八八九年（明治二十二年）二十歳　七月の大学入学資格試験に失敗したのち、十月の追試験で合格。しかし大学に進む意志はなく、文学者として生きる決意をかためる。

一八九〇年（明治二十三年）二十一歳　一月、ヴェルレーヌをブルーセ病院に見舞う。二月一日、マドレーヌの父が死去し、彼女とともに通夜《つや》。八月、『アンドレ・ワルテルの手記』を完成。十二月、ヴァレリーを知る。

一八九一年（明治二十四年）二十二歳　マドレーヌ

に求婚して拒絶される。パリ大学哲学科に登録したが、すぐに退学。ピエール・ルイスの紹介で、エレディア、マラルメのサロンに出入りする。『アンドレ・ワルテルの手記』を匿名《とくめい》で発表したがほとんど無視される。『ナルシス論』出版。ワイルドを知る。
一八九二年（明治二十五年）二十三歳　『アンドレ・ワルテルの詩』を匿名で出版。十一月、兵役につくが、肺結核と診断されて一週間で除隊。
一八九三年（明治二十六年）二十四歳　フランシス・ジャムを知る。『ユリアンの旅』『愛の試み』出版。十月、友人のポール＝アルベール・ローランスとともにアルジェリアに旅行。過去の不安懊悩《おうのう》をすてて、健康と生命の充実を求める。
一八九四年（明治二十七年）二十五歳　旅先で肺を病み、一冬をビスクラですごす。健康を回復し、イタリアを経てパリに帰るが、パリの空気に息苦しさをおぼえ、スイスに赴き、ラ・ブレヴィーヌにおちつく。その間に『パリュード』を書く。
一八九五年（明治二十八年）二十六歳　ふたたびアルジェリアに赴き、ワイルドに会う。五月三十一日、母を失う。六月十七日、マドレーヌと婚約を結び、十月八日、エトルタの寺院で結婚式をあげる。『パリュード』出版。ポール・クローデルを知る。
一八九七年（明治三十年）二十八歳　『地の糧《かて》』出版。アンリ・ゲオンを知る。
一八九九年（明治三十二年）三十歳　『鎖を離れたプロメテ』『旅日記（一八九五—一八九六）』『フィロクテート』『エル・ハジ』出版。当時領事として中国に赴任していたクローデルと文通をはじめる。
一九〇二年（明治三十五年）三十三歳　『背徳者』出版。最初の小説的作品であったが一般には不評。
一九〇三年（明治三十六年）三十四歳　モーリス・バレスを擁護するシャルル・モーラスを相手に、いわゆるポプラ論争が行われる。『サユール』『プレテクスト』出版。ジャック・コポーを知る。
一九〇六年（明治三十九年）三十七歳　『アマンタス』出版。クローデルにすすめられてキリスト教徒になったジャムと仲たがいする。
一九〇七年（明治四十年）三十八歳　『放蕩《ほうとう》息子の帰宅』発表。
一九〇八年（明治四十一年）三十九歳　『書簡を通してみたドストエフスキー』発表。十一月、モンフォール主幹の「N・R・F」誌の創刊に参与したが、レオン・ボッケの『反マラルメ論』をめぐって意見が合わず、身をひく。この雑誌は一号で廃刊。

一九〇九年（明治四十二年）四十歳　二月、ジャック・コポー、ジャン・シュランベルジェ、アンリ・ゲオンらとともに「N・R・F」を復刊。『狭き門』を三号にわたって連載、これを出版。この作品で一般に認められる。

一九一〇年（明治四十三年）四十一歳　『オスカー・ワイルド』出版。

一九一一年（明治四十四年）四十二歳　『イザベル』『続プレテクスト』出版。

一九一二年（明治四十五年・大正元年）四十三歳　プルーストから『スワン家のほうへ』の出版を依頼されたが拒絶する。

一九一三年（大正二年）四十四歳　ロジェ・マルタン・デュ・ガールを知る。十一月、春陽堂から和気律次郎訳『オスカー・ワイルド』出版。スチュアート・メイスンの英訳からの重訳だが、これが日本における最初のジッド紹介。

一九一四年（大正三年）四十五歳　一月、プルーストに手紙を送り、『スワン家のほうへ』の出版拒絶を詫《わ》び、改めて出版を懇請。『法王庁の抜穴』が「N・R・F」に発表されると、宗教界を揶揄《やゆ》されたことにクローデルは憤慨し、二人の不仲は決定的となる。『重罪裁判所の思い出』出版。

一九一五年（大正四年）四十六歳　このころから宗教的危機におそわれ、福音書を読みふける。

一九一六年（大正五年）四十七歳　宗教的不安を「緑色の手帳」（『汝もまた……？』の原稿）に書きはじめる。このころから彼の同性愛的傾向のため家庭生活に破綻《はたん》がはじまり、苦悶する。『一粒の麦もし死なずば』を書きはじめる。

一九一七年（大正六年）四十八歳　同性愛の相手だった当時十七歳のマルク・アレグレ（のちに映画監督になる）と一夏スイスに滞在。

一九一八年（大正七年）四十九歳　夏、マルク・アレグレとともにイギリスに逃避。その留守にマドレーヌは彼からの手紙を全部焼く。コンラッドの『台風』を翻訳、出版。

一九一九年（大正八年）五十歳　『田園交響楽』出版。新奇なものを期待していたダダイストたちは失望する。『贋金《にせがね》つかい』を書きはじめる。
一九二〇年（大正九年）五十一歳　『コリドン』匿名で出版。『一粒の麦もし死なずば』上巻十二部私家版をつくる。『アントニーとクレオパトラ』翻訳。
一九二一年（大正十年）五十二歳　『一粒の麦もし死なずば』下巻十三部私家版をつくる。八月、エリザベート・ヴァン・リセルベルグと南仏イエール海岸で同棲《どうせい》。十一月、アンリ・マシスは「ルヴュ・ユニヴェルセル」誌でジッドの背徳性を攻撃する。
一九二三年（大正十二年）五十四歳　四月、エリザベート・ヴァン・リセルベルグとの間に娘カトリーヌ誕生。『ドストエフスキー』出版。アンリ・ベロノ、「ルクレール」誌でジッドを攻撃する。六月、新潮社から山内義雄訳『狭き門』出版。これが日本におけるジッドの作品の最初の完訳。
一九二四年（大正十三年）五十五歳　『アンシダンス』出版。『コリドン』を著者名を明示して出版。
一九二五年（大正十四年）五十六歳　六月、『贋金つかい』脱稿。七月、マルク・アレグレとともにコンゴに旅立ち、植民地の惨状をみる。
一九二六年（昭和元年）五十七歳　『贋金つかい』『贋金つかいの日記』出版。著者名を明示した市販本『一粒の麦もし死なずば』出版。
一九二七年（昭和二年）五十八歳　『コンゴ紀行』出版。
一九二八年（昭和三年）五十九歳　『チャド湖より帰る』出版。
一九二九年（昭和四年）六十歳　『女の学校』『偏見なき精神』出版。
一九三〇年（昭和五年）六十一歳　『ロベール』『ポワチエ不法監禁事件』『ルデュロー事件』出版。
一九三一年（昭和六年）六十二歳　「ラティニテ」誌はジッドの影響について、ヨーロッパ各国の作家にアンケートを出し、その回答を発表。
一九三二年（昭和七年）六十三歳　『日記（一九二九－一九三二）』を「N・R・F」誌に連載し、その中で共産主義やソ連への共感を表明する。十二月、ルイ・マルタン＝ショーフィエ編集の『アンドレ・ジッド全集』が刊行されはじめる（一九三九年第十五巻目で戦争のため中断）。
一九三三年（昭和八年）六十四歳　三月、共産党の機関紙「ユマニテ」にナチ抗議の文章を発表。パリにおける反ナチ連盟の会合で『ファシスム』と題して講演。九月、反戦・反ファシスム世界青年会議の名誉議長となる。

一九三四年（昭和九年）六十五歳　一月、ドイツ国会放火事件で逮捕されたディミトロフの釈放を要求するため、アンドレ・マルローとともにベルリンに赴き、ゲッペルスに抗議書を提出する。

一九三五年（昭和十年）六十六歳　真理同盟主催で「ジッドと現代」という討論会開催。モーリヤック、マルロー、フェルナンデス、マシス等参加。ジッドも出席して質問に答える。その記録『ジッドと現代』出版。『新しき糧』出版。

一九三六年（昭和十一年）六十七歳　六月、瀕死《ひんし》のゴーリキーを見舞うためと、ソヴェト作家大会に出席するためソ連に向う。赤の広場でゴーリキー追悼《ついとう》の演説をする。八月、帰仏。十一月、『ソヴェト旅行記』出版。ソ連の一面の欠陥をついたため、「プラウダ」に反論が掲げられ、フランスでも左翼陣営から手厳しい非難をうけた。『未完の告白』出版。

一九三七年（昭和十二年）六十八歳　『ソヴェト旅行記修正』出版。ジッドに対する極左陣営の攻撃はさらに激しくなる。

一九三八年（昭和十三年）六十九歳　四月、マドレーヌ夫人を失い、深い哀惜の念と孤独感におそわれる。『今や彼女は汝の中にあり』（邦訳『秘められた日記』）を書く。これは一九四七年限定出版され、一九五一年、ジッドの死後公刊された。『ショパンに関するノート』出版。

一九三九年（昭和十四年）七十歳　ギリシャ、エジプト、セネガルを旅行。『日記（一八八九―一九三九）』出版。第二次世界大戦はじまる。

一九四〇年（昭和十五年）七十一歳　パリ陥落のため、難を避けて南仏にのがれる。

一九四一年（昭和十六年）七十二歳　対独協力を明らかにしたドリュ・ラ・ロシェルの「N・R・F」と絶縁する。

一九四二年（昭和十七年）七十三歳　五月、北アフリカに渡る。ジャン＝ルイ・バローに依頼された『ハムレット』の翻訳完了。

一九四三年（昭和十八年）七十四歳　『架空会見記』出版。

一九四四年（昭和十九年）七十五歳　『日記（一九

三九—一九四二)』出版。

一九四五年(昭和二十年)七十六歳　パリに帰る。コメディ・フランセーズでジッド訳の『アントニーとクレオパトラ』上演。フランクフルト市からゲーテ勲章をおくられる。

一九四六年(昭和二十一年)七十七歳　『テゼ』出版。ジャン・ドラノワ監督で『田園交響楽』映画化される。十一月、ジャン＝ルイ・バロー演出でジッド訳の『ハムレット』上演。

一九四七年(昭和二十二年)七十八歳　六月、オックスフォード大学より名誉博士号をおくられる。『劇作全集』発刊(全八巻、一九四九年完結)。十一月、ノーベル文学賞受賞。

一九四八年(昭和二十三年)七十九歳　『ジャム—ジッド往復書簡集』出版。

一九四九年(昭和二十四年)八十歳　一—四月、ジッドとジャン・アムルーシュの対談がラジオで放送される。五月、病重くなりニースの病院に入院。サント＝ジュヌヴィエーヴ博物館で生誕八十年記念展覧会開催。『秋の断想』『クローデル—ジッド往復書簡集』出版。

一九五〇年(昭和二十五年)八十一歳　『日記(一九四二—一九四九)』出版。マルク・アレグレ、映画『ジッドとともに』を製作。

一九五一年(昭和二十六年)八十二歳　二月十九日、パリのヴァノー街の自宅で逝去《せいきょ》。同二十二日、シュランベルジェ、マルタン・デュ・ガールなどの旧友、村人などの手で、マドレーヌの眠るキュヴェルヴィルの小さな墓地に葬られる。

一九五二年(昭和二十七年)『しかあれかし、あるいは賭《かけ》はなされた』(邦訳『死を前にして』)出版。ローマ法王庁はジッドの全著作を禁書とする。

一九五五年(昭和三十年)『ジッド—ヴァレリー往復書簡集』出版。

一九六八年(昭和四十三年)『ジッド—マルタン・デュ・ガール往復書簡集』二巻出版。一九六九年のジッド生誕百年を記念するため、「アンドレ・ジッド友の会」がつくられる。会長はジャン・ランベール夫人(ジッドの娘カトリーヌ)、名誉会長はアンドレ・マルロー。

新庄嘉章　編

Title : LA SYMPHONIE PASTORALE
Author : André Gide

田《でん》園《えん》交《こう》響《きょう》楽《がく》

新潮文庫　シ－2－4

昭和二十七年七月十五日　発　行
平成十七年五月二十五日　八十八刷改版
令和　四　年四月　十　日　九十一刷

訳　者　神《じん》西《ざい》清《きよし》

発行者　佐藤隆信

発行所　株式会社新潮社

郵便番号　一六二―八七一一
東京都新宿区矢来町七一
電話 編集部(〇三)三二六六―五四四〇
　　 読者係(〇三)三二六六―五一一一
https://www.shinchosha.co.jp

価格はカバーに表示してあります。

乱丁・落丁本は、ご面倒ですが小社読者係宛ご送付ください。送料小社負担にてお取替えいたします。

印刷・錦明印刷株式会社　製本・株式会社植木製本所
Printed in Japan

ISBN978-4-10-204504-6 C0197